云中
谁寄
锦书来

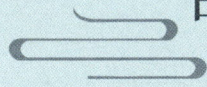

广西日报社　编

广西人民出版社

《云中谁寄锦书来》编辑委员会

主　　编　　崔佐钧　夏海澄

副 主 编　　姜木兰

执行主编　　林涌泉

插图撰稿　　杨　秋

梧州 《龙鱼》雕塑

北海 银滩《潮》雕

防城港 龙马明珠广场

钦州 和谐塔

贵港　新世纪广场

玉林　云天宫

百色　百色起义纪念馆

贺州　长寿阁

河池　河池学院

秀甲天下　壮美广西

南宁　国际会展中心

柳州　柳州火车站

桂林　靖江王府

来宾 李宁火炬

崇左 左江斜塔

纸短情长，书信自古以来就是抒发家国情怀的重要载体之一。

广西壮族自治区成立六十周年之际，海外桂籍游子用"家书"的形式，向祖籍国，向家乡表达了自己的赤子之心。

打开《云中谁寄锦书来》书稿，一封封家书，传递了广大桂籍海外侨胞思念家乡、感恩故乡、赞美家乡、祝福壮乡、寄语壮乡、回报故乡的拳拳之心。精美的配图，述说着广西的青山绿水、人文风貌，与家书相得益彰。

六十周年，六十封"海外家书"，是《广西日报》国际传播的内容创新，用了十个专版——《云中谁寄锦书来》呈现。策划宗旨是为实现习近平主席提出的"强信心、聚民心、暖人心、筑同心"的目标，以自治区成立六十周年为契机，用"家书"的形式推动情感交流和传播，激荡起海内外华侨华人"建设壮美广西 共圆复兴梦想"共鸣。

序

在出版的六十封家书中，不乏"故乡今夜思千里，霜鬓明朝又一年"的思乡之情，也充满"广西要发展，人才是关键"等对家乡发展的殷切期望，以及"我们每位桂籍海外华侨华人，都应积极为壮乡广西的发展出一份力"等立志参与家乡建设的决心，形成海内外同胞同气相求的共识，凝聚起"建设壮美广西　共圆复兴梦想"的力量。

秀甲天下，壮美广西。你们为家乡骄傲，家乡因你们而荣光！

2019 年 12 月

目　录

云中谁寄锦书来

Contents

云中谁寄锦书来

广西人　中国心　世界情

李　央
美国广西总商会会长

亲爱的家乡广西：

　　您好！

　　欣闻故乡广西壮族自治区成立六十周年，我和我的家人隔空向家乡请安：广西，祝您生日快乐！也借《广西日报》一角，向我在广西的亲友、同学，向所有广西的父老乡亲道一声：大家节日康乐！

　　身在异乡，接到家乡《广西日报》的邀约，获知家乡正张灯结彩、喜气洋洋庆生，百感交集。我人在美国，但家乡和祖国始终让我魂牵梦萦。因为家乡还有我的父母弟妹、我的亲朋好友，还有烙印到我骨子里的桂林山水——走遍千山万水，故乡不在心头，就在梦里。

　　我老家就在漓江边，左边是伏波山，

右边是象鼻山，对面是七星山，过条马路就可下漓江。在桂林山水的美景里泡大的我，对于美学有特别的情结，这或许是后来我对艺术事业有浓厚兴趣的原因。

在国外的日子里，家乡的消息总能牵动我的心。我怀念小时候在漓水中嬉戏时那鱼群环绕的情景。我也曾为漓江的水逐年干涸而心疼，当今冬我听说漓江水又比前几年丰满时，我非常欣慰！

能为壮乡做点事，大概是许多桂籍海外华侨华人共同的愿望。身为美国广西总商会会长和美国广西同乡会常务副会长，我把为祖国、为壮乡做贡献视为己任。我每年多次往返于中美之间，为中美商务合作、文化交流献力。我在美国成立了中美艺术交流中心，也在桂林建立了类似的基地，期待能为宣传广西、增进中美文化交流做点贡献。

这两年，我们还专门策划组织桂籍乡亲到纽约时代广场宣传广西"壮族三月三"，让广西走向世界。

无论在美国在中国，同样的期待，同样的祝福：壮美广西，辉耀中华！

2018 年 12 月 11 日

桂林象鼻山

　　说起桂林，不得不提象鼻山。位于桂林城南漓江西岸的象鼻山，因其山形酷似一头驻足漓江边临流饮水的大象而得名。象鼻山以其栩栩如生的形象引人入胜，被人们看作桂林山水的代表、桂林城的象征。

"我非常骄傲我是一名广西人"

崔　屹

美国斯坦福大学教授、纳米
材料科学家

亲爱的父老乡亲：

大家好！

我是美国斯坦福大学材料科学与工程系的终身教授崔屹。目前，我在美国从事新材料、新能源电池、水技术、空气过滤技术等方面的研究。眼下，我在斯坦福大学领导一个大概五十人的博士生和博士后团队进行科研攻关。

1976年，我出生于广西来宾，先后在来宾实验小学和来宾二中读书。我的孩提时代非常快乐，忘不了在来宾与小伙伴一起踢球玩耍的情景。1993年，我第一次离开家乡，到中国科学技术大学应用化学系读本科，这也是我人生第一次深深地感受到了乡愁，那时对家乡的一草一木和父老乡亲有了思念。

小时候，父母和老师悉心培养我正直、努力、乐观的品质，这对我后来到中国科学技术大学求学，以及赴美留学生涯起到了很大的作用。

1998 年，我拿到了全额奖学金赴美国哈佛大学攻读博士学位，师从世界级纳米材料研究权威之一的 Charles Lieber 教授。哈佛聚集了许多世界顶尖人才，学风自由，学术充满了创造力，当然竞争也非常激烈。这时候，家乡培养我的个人素质尤为重要，它让我在学术研究中脱颖而出，并获得了美国材料学会的博士生金奖（2001年），并于 2002 年提前一年拿到了博士学位。随后，我荣获"米勒学者"到美国加利福尼亚大学伯克利分校从事博士后研究工作，师从另外一位纳米科学的世界级权威 Paul Alivisatos 教授。2004 年，我被评为"世界百位青年发明家"。至今，我一直感恩故乡，是故乡对我良好品格的塑造，为我后面的成长奠定了基础。

2005 年，我加盟斯坦福大学，先后被聘为助理教授和终身教授。我有了自己可以主导的材料科学实验室，带领一批优秀的博士生和博士后，做对世界有重要意义的科研，曾有三项材料科技被《科学美国人》三次评为"改变世界的十大科技之一"。2017年，我荣获美国 Blavatnik 国家奖。

至今，我为世界培养了不少人才。我的学生已经有超过七十位在世界各大学做教授，其中也有广西籍的学生。我希望我能为家乡的发展做出力所能及的贡献。

我非常骄傲我是一名广西人。近年来，我经常回国开展学术讲座，也多次回到家乡广西。我也受聘为多个广西高校的客座教授。看到家乡广西翻天覆地的变化，我心里由衷地高兴。值此壮乡广西迎来六十周年华诞之际，我衷心祝福壮乡广西事业前程似锦，人民幸福安康！

2018 年 12 月 6 日

人生是一场不能回头的旅行，童年时光是美好的一部分。而对于大多数男孩子来说，踢球可算是一种有趣的运动。踢球既锻炼了身体又磨炼了意志，带给童年无尽的欢乐。

难忘孩提时光

云中谁寄锦书来

回顾与展望

敦·曾永森
马来西亚国会上议院原主席
世界华人联合总会永远名誉
主席

家乡的父老乡亲：

　　大家好！

　　今年，广西壮族自治区迎来了六十周年华诞，可喜可贺！广西有些领域的成果很值得回顾，也有些领域的发展很值得展望。总而言之，广西不能仅靠天靠地，必须坚持不懈地创新发展。

　　广西的经济发展在全国虽然不是很先进，但在其他领域潜能却很强，乡亲们应该继续努力。

　　过去，几乎没有人会相信中国能追上其他先进国家，而今中国却让世人刮目相看。

　　自从一年一度的中国—东盟博览会落户广西南宁之后，反映良好。每年都有不少中外商贾聚集南宁参加盛会，南宁在海

【备注】敦——马来西亚语TUN音译，是国家元首封赐人民最高的荣誉奖。曾永森乡贤于2018年荣获此勋章，是目前马来西亚广西籍唯一的特殊荣誉受封者。

曾永森

外的知名度也渐渐超越了桂林。中国—东盟博览会也给马来西亚最著名的"猫山王"榴莲、燕窝等做了很好的广告宣传。

近年来，广西也培养出了不少精英人才，这对工商业有极大的帮助。在地理上，广西与东盟毗连，有很大的发展空间，广西的精英应善用"近水楼台先得月"的机会，中国—东盟自贸区拥有十九亿人口，是一个相当大的市场。寄语家乡人，奋发有为。

广西壮族自治区有数以万计的乡贤在海外谋生并取得了不少成就。单在马来西亚、泰国、新加坡、印度尼西亚就有成千上万的广西同乡，他们当中就有许多精英人才，他们都已闯出了一片属于自己的天地。不管你在哪里，只要肯拼，肯卖力地干事创业，也同样可以得到幸福的生活。

二十世纪六十年代，我经常返回家乡广西参加各种活动，我很高兴地看到当地干部群众非常和谐，也看到一些基层干部非常尽职。特别是从自治区主席到各级官员都很友善很亲切。

身为广西老乡，我殷切地希望并祝福广西壮族自治区各项事业一年比一年好，一年比一年繁荣富强，祝福中国国泰民安！

2018 年 12 月 10 日

广西壮族自治区成立六十年来，汽车产业从无到有、从小到大，从国内市场延伸至海外，从传统制造转型智能制造，驶入高质量绿色发展的"快车道"。如今，广西已成为我国重要的汽车生产基地。每年的车博会也吸引了国内外汽车企业的眼球，人气颇高。

绿色电动汽车飞速发展

"我是壮乡广西的同龄人"

李孔政
世界跳水冠军、美籍华人

家乡的父老乡亲：

你们好！

身在他乡，心系壮乡。远在异国他乡多年的游子我常常思念着家乡的山山水水、父老乡亲。

我生长在南宁，从小喜爱文艺体育，画画特别是刻版画是我的最爱。我参加过小学文艺宣传队，曾去应考过当年的南宁市文工团，参加过南宁市体校乒乓球队训练……阴差阳错，惧怕水和不会游泳的我居然在1971年被选进了广西跳水队。得益于教练的精心培养和自我勤奋努力，短短几年时间，我便获取了良好成绩，进入全国跳水最高水平行列。在1974年亚运会上，十五岁的我获得了男子跳台跳水金牌，成为当年亚运会所有体育项目中最年轻的冠军，为广西和中国跳水事业争得了荣誉、做出了贡献。

人们都认为我是跳水天才，其实当时我只是一个普普通通的少年。不过我深信笨鸟先飞的真理，在运动员每天"三点一线"（公寓—训练场—食堂）乏味枯燥的生活方式中，我慢慢地体会到，没有巨大的付出便没有骄人的成绩。在1973年进入中国跳水队那段日子里，我接受了"魔鬼教头"徐益明的魔鬼式训练，每日每周的训练时间和运动量都比同伴更多更强，甚至一周训练时间达到五十六个小时。

但我从不放弃！在不断训练中，我也慢慢体会到，只有不断创新技术和训练方法，才有跳水水平的突飞猛进和巨大发展。在教练的指导下，我创新了许多新技术和当时还无人能掌握的高难度跳水动作，赢得了"走在世界难度表前面的人"之殊荣。从二十世纪七十年代到八十年代中期，我共获得了十二次中国跳水锦标赛冠军，并代表中国参加了五十次国际跳水比赛，获得重大国际比赛二十三项冠军。

二十世纪八十年代，正值中国全面走向改革开放。作为当时中国体育界在业的运动员和排头兵，我被当时的国家体育运动委员会批准和指定，远赴美国交流和学习新知识。时任国家体育界领导荣高棠嘱咐，要我心系国家、刻苦学习，做中美友谊的使者。

1985年初，我远渡重洋，在美国德克萨斯州大学学习英文，后来进入该大学修课；与此同时，继续代表中国参加有关国际跳水赛事。

1988年，当我代表中国参加当年的奥运会并退役后，我与一位美国女士结为连理，并决定留在美国继续从事跳水体育教学。

值得高兴和庆幸的是，经过努力，我最终培养了一大批跳水新秀，他们当中的许多选手获得了多次美国全国跳水比赛的冠军和国际大赛的好成绩。他们也同时获取了许多美国名牌大学提供的全额体育奖学金。徒儿们的成就，也为我获得了良好机会进入美国国家跳水队担任教练、总教练或跳水队领队等，并带队参加了世界跳水三大赛（奥运会、世界锦标赛和世界杯赛）。我想，作为一名中国人，当你在不同国度认真地工作和生活，融入了新的社会，并在最高平台上获取了成就，这难道不是作为海外华侨华人的我们最大的骄傲与自豪吗！

不久前，应卡塔尔奥委会和游泳协会的邀请，我被聘为卡塔尔国家跳水队的总教练。我将继续努力，为世界跳水运动的发展做出新贡献。

每逢佳节倍思亲。在广西壮乡庆祝六十周年华诞之际，作为广西壮乡的同龄人，我衷心地祝福家乡明天会更好！祝福家乡父老乡亲年年好景岁岁安康！

2018 年 11 月 28 日

云中谁寄锦书来

跳水

二十世纪七十年代至八十年代初期，利用广泛的群众体育基础和良好的地域优势，广西探索出一条符合自身实际的"灵、小、短、水"竞技体育成功之路，在攀登世界体坛高峰上取得了辉煌成绩，开创了广西体育的辉煌时期。

壮乡是我们的生命之源

周氏兄弟
世界著名画家

家乡的父老乡亲：

你们好！

时值广西壮族自治区成立六十周年之际，谨以此文表达我们兄弟俩对家乡深深的思念与祝福！

此时，我们正在德国慕尼黑的一所艺术学院教授艺术课。从 1996 年起，我们便开始在欧洲各地进行艺术教学，讲授我们的艺术哲学理念。

眼前位于德国南部阿尔卑斯山麓的伊萨尔河畔的慕尼黑，拥有自然的湖光山色和美丽的田园风光。这里的一切让我们情不自禁地联想到我们魂牵梦萦的美丽壮乡。虽然是不同的国土，但都共同拥有宇宙的美好馈赠。

离开家乡已经三十多年了，对家乡许多难忘的记忆，常使我们思绪万千，难以忘怀。

我们幸运地生长在广西这片人杰地灵的土地之上。山水"甲天下"的秀美灵气，孕育出这片土地强悍、博大、富于原创力的民族个性。我们不管走多久、行多远，在世界这个大舞台上，中国五千年的文明历史和广西花山的远古文化，始终给予我们无穷的底气与自信。在艺术领域的海洋里，我们始终从容淡定，气定神闲，因为我们来自广西这片神奇的土地。

我们的艺术人生梦想便是从这里开始的——

想当年，我们在祖国边陲广西宁明——充满远古神奇的花山脚下，明江山野间，像许多壮族孩子一样，度过了我们的童年，也开始了我们对外面大千世界的幻想。意大利文艺复兴、法国19世纪现代艺术的辉煌，带给我们激情；中国五千年的文明历史和家乡的远古艺术之源，给予了我们深厚的才情底蕴。在中国最早开放的85艺术新浪潮中，正值年轻气盛的我们，以花山岩画为灵感创作的一系列作品，在中国美术馆、上海美术馆以及南京美术馆成功巡展，轰动全国，也曾给家乡广西带来荣耀。当时，被誉为现代艺术富有创造力的领军人物，我们以身为广西壮族艺术家而深感自豪。

1986年，我们带着对民族文化深深的自信，来到美国，开始了一次富有历史意义的拓荒之行。2000年，新世纪来临，我们应邀在瑞士达沃斯世界经济论坛开幕式上，面对全世界各国领袖及名人精英，创作并演绎了一幅具有新世纪意义的作品——《新的开端》。之后，我们荣获美国林肯总统金质奖、美国杰出移民贡献奖、联合国杰出艺术家奖，美国伊利诺伊州法定每年 10 月 16 日为"周氏兄弟日"；并以"周氏兄弟"冠名街道……这一切不仅仅是周氏兄弟赢得的个人荣誉，也是全广西家乡人的荣誉，我们常以此等荣耀来作为广西人能够在世界上创造奇迹的明证！

美国总统奥巴马曾两度邀请我们创作油画作品《八位美国总统与中国长城》、雕塑《生命之环》作为国礼，分别赠送给中国两任国家主席。在白宫晚宴上，奥巴马向中国国家主席这么介绍："这是周氏兄弟，来自我的家乡芝加哥。"是的，三十多年了，芝加哥已经成为周氏兄弟的第二故乡，但广西依旧是我们永生难忘的家乡，我们从壮乡广西走出来，那里是我们的生命之源。

岁月如梭，光阴似箭。近年来每当听到家乡日新月异的发展和变化，我们由衷地感到高兴。因为，家乡的兴旺发达，祖国的日益强盛，让我们这些远在他乡的炎黄子孙感到更有尊严，同时也更激励着我们为祖国和家乡多做贡献！家乡永远是我们为之奋斗的动力源泉，也是我们永远为之骄傲的地方。我们始终以此为荣耀！

时值广西庆祝六十周年华诞之际，我们遥祝壮乡更加美好，更加繁荣昌盛！遥祝家乡父老乡亲们幸福美满，吉祥安康！

2018 年 8 月 18 日

花山景观

　　山重水复无流处，船到崖壁又一川。位于崇左市宁明县和龙州县内的花山景观区，有一百公里沿江风光带以左江古崖壁画为主体；二百五十公里公路沿线围绕着山水田园带，车辆穿行于石灰岩峰丛、峰林洼地、河谷之间。

广西情　中国心

莫桂莲
德国中华文化促进会副会长

家乡的父老乡亲：

你们好！

广西南宁是我魂牵梦萦、难以割舍的出生地。

二十多年前，由于对西方国家有着神秘感，我选择到了德国定居。初到德国，由于语言不通，人生地不熟，给生活带来了诸多不便。

为了尽快融入德国社会，我首先努力学习德语，积极参加当地政府组织的各项活动，广交德国朋友。终于，功夫不负有心人！我打拼出了一片属于自己的小天地，取得了事业和生活的双丰收。

至今，虽然身居海外，但我依然保持一颗爱国爱乡之心。我经常自豪地对外国的朋友们说：我是一个中国人！每次与德国朋友们欢聚，都会有人问起我来自哪里，我总会高兴地告诉大家：我来自中国南方，来自壮乡广西，我是一名壮族人。

为了让更多的德国朋友认识广西，了解广西，2003年在德国莱比锡格拉希博物馆筹备展览时，我积极争取并说服了该展厅负责人，在时任南宁市政协海外联谊民宗委主任阳伟红的帮助下，我从广西带了两套男女装壮族服饰到德国。最后，我们得以如约参展，服饰至今仍摆在格拉希博物馆亚洲展厅，成为当地市民和世界各地游客了解壮乡、了解广西壮族服饰和壮族习俗的一个窗口。

作为一名壮乡的女儿，我平常想得最多的就是如何为自己的家乡多做一些力所能及的事情，为壮乡的发展贡献一分力量。今后，我将一如既往地为家乡与德国的经济、文化交流充当友好使者，起到桥梁的作用，为共建"一带一路"做出自己应有的贡献。

值此壮乡广西迎来六十周年华诞之际，我谨代表德国中华文化促进会，祝福壮乡广西事业腾飞，前程似锦，明天更美好！祝福家乡的父老乡亲幸福安康，梦想成真！

2018年12月3日

或厚重，或简朴，或头饰相异，或服装款式不同，或花纹繁简不一……壮族服饰织绣文化是壮族历史与文化的集中体现，蕴含着壮家儿女辛勤的劳动，又体现了他们的灵活技巧，表达出对美好幸福生活的向往与追求。其展出，能让更多人领略到壮族服饰之美。

壮族服饰在德国格拉希博物馆亚洲展厅展出

云中谁寄锦书来

"中泰一家亲"

容志江
泰国勿洞市市长，泰籍华人

壮乡广西的父老乡亲：

大家好！

我是泰国最南端也拉府勿洞市市长，我叫容志江。欣闻广西壮族自治区迎来六十周年华诞，此刻，我在遥远的泰国勿洞市，在中文老师的帮助下，书写"家书"一封，表达我对壮乡广西最诚挚的祝福！

"中泰一家亲！"是父亲常常挂在嘴边的一句话。小时候，常听父亲说，我的故乡在中国广西容县——这是广西最大的侨乡，也是著名沙田柚的原产地。虽然故乡是那么的遥远，但是，父亲告诉我，我们的根永远在那里。

据悉，很久以前，父亲跟随祖辈，离开故乡下南洋，最后闯荡到泰国勿洞开荒种橡胶，过着平淡的生活。勿洞与马来西亚接壤，现有华人六万多人，其中百分之八十是广西同乡，故被誉为"广西村"。因此，常有桂籍同胞开玩笑说——我是"广西村村长"。

据母亲回忆说，我小时候三更半夜就得起床，跟随父母上山去收割橡胶，到天亮时，我又得匆匆忙忙赶十几公里的路，到市区去上学读书。我的孩提时代生活十分艰苦，父母常教导我们：工作要勤劳，学习要努力，做人要懂得感恩，不要忘本。我还记得，小时候父亲时常把储存下来的部分钱寄回中国广西，帮助故乡的亲人。父亲对我说，故乡的叔伯他们生活比我们还要艰苦。坚持支持故乡的亲人，这是父亲精神上的寄托。

我大学毕业后才了解到，原来勿洞与广西竟然有着这么密切的关联。于是，我时常梦想着有一天，我要回到我的祖籍国，去看看我的故乡，去看看我的叔伯以及兄弟姐妹……

终于在几年前，我的梦想成真了！我跟随父母亲及兄妹一起回到了广西容县，与叔伯及很多亲戚见了面，大家欢聚一堂，皆大欢喜。我们感动，感恩！我们真切体会到故乡人的温暖以及故乡的繁荣与进步。在此，我们还要感谢广西侨联、广西侨办等有关方面给予我们回乡探亲的诸多帮助以及盛情款待。

我自 2012 年在泰国勿洞市参加大选胜出，担任勿洞市市长至今。勿洞市的华文教育以及经贸发展、旅游拓展，是我目前特别重视的三件大事。尤其是勿洞的华文教育。我认为，这是勿洞市与中国各地，特别是与故乡广西各方面进行密切往来、交流合作的基础，也是我们共建"一带一路"必须重视的一项工作。

在此，我要特别感谢祖籍国及故乡广西各有关单位，长期派出一批又一批精干的汉语教师，来支持我们勿洞市的中华文化教育，让中华文化在这里得以传承与传播，这给广大勿洞市的华侨华人带来了莫大的快慰与自豪。

关于经贸往来，我希望广西与勿洞市双方多多来往，把握商机。勿洞市盛产橡胶、榴莲，还有各种水果等。勿洞市已经开始建设机场了，将在 2020 年初建成使用，届时，交通往来将会更加便捷。我希望中泰保持密切往来，促进双方的繁荣与进步。

最后，我要衷心祝愿壮乡广西繁荣昌盛，风调雨顺，四季吉祥，明天会更好！

2018 年 12 月 5 日

团圆时刻

年，就是中国人再忙再累也要回家的节日。过年就是家人团圆的时刻，是走亲访友的时刻，是孩子身上的新衣、手里的鞭炮、嘴里的吉祥话……团圆时刻莫做低头族，放下手机享受家人陪伴的美好时光。

"我为壮乡感到自豪"

崔　勇
美国广西社团总会创会会长
兼理事长
美国广西商会理事长

家乡的父老乡亲：

　　你们好！

　　一甲子岁月轮回，家乡的八桂大地焕发出勃勃生机，孕育着充满希望的未来。

　　离开家乡二十余载，家乡依旧是山清水秀；人民安居乐业，生活幸福美满。

　　每逢佳节倍思亲。2018年的感恩节对于居住在纽约二十多年的我来说，非常高兴和激动，来自家乡广西三十三位传播中美友谊的文化使者——中国广西环江毛南族音韵艺术代表团，在如诗如画的家乡壮美山水舞台背景衬托下，"这边唱来那边和"，为纽约市民献上了一场欢乐的、充满感恩的乐章。

　　11月18日中午时分，在美国纽约的

地标、知名的美国股票交易市场——纳斯达克的总部所在地，被称为世界"十字路口"的时代广场，各种各样的大屏幕传送着最新的资讯——中国广西环江毛南族富有东方浓郁民族风情的"快闪"表演开始了！

欢快的歌声和富有节奏感的击掌声，立刻吸引了游客的目光！此时，在现场的每一位游客都争相围拢过来，举起手中的手机和相机，要把这个具有东方神韵的原生态民俗表演，录进手机并传送到世界各地。

游客在不停地交头接耳，这是从哪里来的？！从来没有见过这么特殊的穿着！从来没听过这么原生态的歌声！从来没有这样的体验，真是太棒啦！老外被家乡的民族文化震撼到了，而我为家乡感到自豪！我告诉他们这是中美友谊的使者，他们从我的家乡广西来，为庆祝中美建交四十周年、庆祝中国改革开放四十周年、庆祝广西壮族自治区成立六十周年而来此献礼的。

至今依稀记得，2005年金秋时节的纽约：以"情连四海　谊牵八桂"为主题的第十二届世界广西同乡联谊大会，第一次离开东盟五个轮流主办国，远赴大洋彼岸的纽约举行。我作为东道主的生力军之一，也是此届大会个人赞助最多的捐助者。

毫无疑问，那次大会开得很成功。来自家乡广西和旅居世界各地的五百余名桂籍同乡欢聚纽约联络乡情，我在这次大会上更多地知道了家乡广西的发展进步。

从那时开始，我几乎每年都要回到广西回到家乡，参加中国—东盟博览会、参加中国（玉林）中小企业商机博览会、参加"三月三"歌节……并在实况转播的节目中，作为海外嘉宾积极宣传和赞颂家乡的飞速发展；作为自治区侨联海外顾问，响应中国侨联的号召，捐资助学；作为广西海外联谊会的副会长，捐助家乡举办的一些重要活动；作为家乡容县的海外侨胞代表，我为家乡的美食代言，并在央视七套节目中播出获得好评。此外，我还连续五年作为海外贵宾参加自治区政协会议，为家乡的发展建言献策；为让世界更好地了解壮乡广西，我到处奔走。

特别是党的十八大召开以来，我积极响应习主席的号召，向广西的青山绿水要效益，把美国夏威夷的现代农业传统种植项目和有机种植技术，引进到我的家乡，把故土的"山清水秀生态美"的金字招牌擦得更亮！

2018 年 11 月 20 日

漫山遍野的深绿色柚林里，密密麻麻地吊着一个个金黄色的灯笼。每年秋天，沙田柚还挂在树上晒太阳呢，就已经被果商和果农瓜分完了。沙田柚因广西容县沙田村最先种植而得名。容县沙田柚原名"羊额籽"，风味独特，经乾隆皇帝赐名"沙田柚"后成为朝廷贡品，被誉为"柚中之王"。

摘沙田柚

我与台北同学聊广西

李铭如
第 16 届世界广西同乡联谊
会主席
泰国广西总会主席
饶培中
泰国广西总会永远名誉主席

家乡的父老乡亲：

你们好！

我叫饶培中，结婚前曾经到台北大学求学。

当时，同宿舍的台北同学知道我是来自泰国的侨生，曾经问及我的故乡在哪里？那时，关于老家广西，我竟一无所知，无从回答台北同学。但是今天，我可以和那位台北同学聊聊有关我的故乡——广西的点点滴滴了。

记得上地理课时，我们都背熟了"桂林山水甲天下，阳朔山水甲桂林"这句名言。时至如今，家乡广西的梧州纸包鸡、容县沙田柚、中越边境友谊关、大新德天大瀑布、柳州柳侯公园、巴马长寿村等都闻名遐迩，而且环境整治得也越来越好了。

我告诉当年的台北同学，当年名气不

大的南宁市，如今高楼林立，日益繁华，跻身全国二线城市，我把南宁埌东一带称之为"南宁的浦东"，就可见一斑。

广西这个美丽的壮族自治区，除了拥有独特的民族风情、美景美食，名牌产品也不少，如五菱汽车、柳工机械、玉柴电机、两面针牙膏、金嗓子喉宝、玉林正骨水等。广西如今出台了许多投资的优惠政策，是南来北往企业家投资兴业的乐土。

关于广西的山水之美，我想引用美国前总统克林顿的一段话，大意是说："在来桂林之前，我认为中国的山水画是抽象派的；但到了桂林之后，我才发现中国的山水画是写实派的。"克林顿极其贴切地比喻了桂林山水之美，你只要像抽象派大师那样，想要多美它就有多美地呈现在你的面前。

我跟我台北的同学说，希望他有空时可从台北飞到广西走一走、看一看，我相信家乡广西多姿多彩的风情和美景美食，一定会令我的台北同学回味无穷。

纸短情长，就此打住。

最后，请允许我偕夫人李铭如，共同祝福家乡人民在欢庆自治区六十周年华诞的美好日子里，平安健康快乐！祝愿壮乡广西六六大顺，年年好景！

2018 年 11 月 16 日

巴马风光

　　这里山清、水秀、洞奇，这里物美、民淳、人寿，这里具有丰富的生态旅游资源、长寿养生资源、长寿文化和红色文化资源。这就是广西河池市巴马瑶族自治县。巴马享有"长寿圣地·养生天堂"的美誉，人与自然和谐共生，长寿现象源远流长，不断演绎生命奇迹，是世界著名的长寿之乡。巴马寿乡探秘游已列为广西十大旅游精品之一。

举头望北斗　心中思故乡

亲爱的家乡广西：

　　您好！

　　巍巍昆仑山，滔滔红水河。日月穿梭，山河依旧。我们即将迎来可爱的故乡——您的六十周岁生日。海外漂泊数十载，侨居他乡，人在天涯，但您一直在我心中。夜深人静，举头望北斗，心中思故乡。

　　忆当年，豆蔻年华，意气风发。我，一位曾经战斗在水电战线的电力工程师，为改变广西的贫穷面貌，开发广西的巨大潜能，不畏钻山沟、住草棚、啃干粮、战险滩、斗恶浪，把青春献给了广西的水利电力事业。

　　如今，几十年过去了，我远在澳大利亚，情系故里。我惊喜地发现故乡的水电事

蒋德仁
澳大利亚广西联谊会会长

业已成熟发展，与热电相辅相成，为壮乡广西的发展提供了强大的动力。如今红水河上已开发建成十个梯级电站。天生桥、平班、龙滩、岩滩、大化、百龙滩、乐滩、桥巩、大藤峡等水电站如同镶嵌在母亲河上的一颗颗耀眼的明珠。这日夜奔流的红河水啊，转换成了清洁干净的巨大电能，给祖国南疆带来了一片光明！

今天，在您的六十岁生日来临之际，您的海外儿女衷心祝福您更加美丽富饶、欣欣向荣、繁荣昌盛、兴旺发达。

2018 年 11 月 11 日

龙滩水电站

作为仅次于三峡水电站的全国第二大水电站，龙滩水电站位于广西天峨县城上游十五公里处，是"西电东送"的标志性工程，也是西部大开发的重点工程。

身在英国 心在中国 根在广西

贝学贤
英国广西总商会会长

亲爱的家乡广西：

您好！

2018 年 12 月 11 日，是您成立六十周年大庆的日子，作为一名旅居英国的广西籍华侨，我在异国他乡为您送上我最诚挚的祝福——祝您生日快乐！

十多年前，我离开家乡广西孤身到英国求学。随着时间推移，我越发想念家乡。而身为广西人，我理应为家乡的发展略尽绵力。

近年来，为让广西的乡音乡情能够在海外传扬，我牵头成立的英国华夏文化协会、英国广西总商会凝聚各方力量，连续多年在英国举办壮乡三月三·英国国际壮乡旅游文化节、英国华夏文化艺术节和八桂嘉年华等一系列宣传和推广广西的活动。我们充分利用广西特有的民族节庆文化，通过"走出去"和"请进来"，更好地宣传广西旅游资源和民俗风情，提高广西海外知名度，促进广西与英国及英联邦国家和地区的交流，创造更多合作领域及合作机会。

身在英国，心在中国，根在广西。广西成立六十周年来，发生了翻天覆地的变化，掀开了广西发展的历史新篇章。家乡取得的辉煌成就，让我们远在海外的华侨华人倍感欣慰，也对家乡的发展前景充满信心和期待。英国华夏文化协会、英国广西总商会将遵从国家"一带一路"的倡议，讲好中国故事，传播广西声音，一如既往地关心和支持家乡的各项建设与发展。

最后，衷心祝福祖国母亲繁荣昌盛！祝愿家乡广西经济社会发展更上一层楼！祝福壮乡各族人民幸福安康！

2018 年 11 月 28 日

欢庆三月三

　　每年农历三月初三，是中国多个民族的传统节日。壮族山歌的发展尤为突出。2014年，"壮族三月三"申遗成功，将广西多民族传统文化推向国际大舞台。同年，广西确定"壮族三月三"为法定假期。打扁担、抢花炮、抛绣球、唱山歌，"壮族三月三"期间，欢庆活动丰富多彩。

创办"枫华书屋"
帮扶家乡教育

黄晔华
加拿大广西总商会常务副会长

家乡的父老乡亲:

你们好!

我是在广西出生长大的桂林妹子,高中开始到加拿大留学,大学毕业后一直在多伦多工作和生活。作为一名加拿大籍华人,在家乡广西壮族自治区成立六十周年的喜庆日子里,我很自然地想起自己在故乡广西生活的点点滴滴,并通过这些回忆感受到广西的进步、发展和变化。

记得我在桂林念小学的时候,喜欢音乐,曾代表广西多次参加全国少年儿童钢琴及电子琴比赛并多次获奖,也曾作为少年儿童代表到其他国家进行友好交流访问。那时是改革开放初期,学钢琴不像现在这么普及,能有钢琴弹奏是我梦寐以求和奢侈的事儿。而今，家乡拥有钢琴的家庭，在城市里已经很普遍了，这说明现在家乡人民的物质生活水平有了很大的提高，也反映了广西壮乡人民群众文化生活的内涵更丰富多彩了，素质也得到了提高。

我出国至今，与家乡桂林的同学们一直保持着联系。如今大家都已经进入不惑之年。记得在校时，同学们彼此的理想都是面向世界走向未来。老师总是要求我们要好好学习，将来成为社会之栋梁。随着中国改革开放的不断深入，不少当年的同学现今已成就斐然：有在中央电视台当新闻主播的，有经营上百亿元资产的企业家，有担任大学领导的教育家，也有全心全意为人民服务的机关干部和警务人员，等等，他们都在不同的岗位，为祖国，为广西展示才华，甘洒热血，值得点赞！

为了能为壮乡的经济发展添砖加瓦，我在加拿大加入了"加拿大广西总商会"，一心为建设广西引资招商，牵线搭桥，做力所能及的工作。

这些年，作为海外华侨华人的代表，我多次光荣受邀回国，参加为国家建设和自治区发展建言献策的各类会议，并创立了助学品牌"枫华书屋"，积极为广西的教育事业做贡献。能为生我养我的故乡尽微薄之力，是我此生的美好心愿，也是我期盼家乡富强而给自己选择人生奋斗的着力点。衷心祝福祖（籍）国及故乡广西繁荣昌盛、国泰民安！

2018 年 10 月 3 日

窗外的桂林风光

　　桂林山水有奇丽俊秀的风貌，宏伟博大的气势，气象万千的姿态，含蓄深长的意趣，极富浪漫色彩和诗画情趣。窗外的桂林风光美在天然，多少年来深深地吸引着中外游客以及国家元首纷至沓来，流连忘返。

南部非洲的上空飘满桂林米粉的香味

家乡的父老乡亲：

你们好！

今年约翰内斯堡的雨好像多了一些，我在这个美丽的国家里生活，一晃眼就十九年过去了。

当接到家乡媒体《广西日报》的热情约稿时，提起笔却发现思绪已经飞得很远很远……

不知怎么地，我首先想起了大学毕业刚参加工作时的片段。那时候南宁民族大道过了南湖大桥不远就是黄土路了，晚上在那里用借来的摩托车学习驾驶机动车，那时年轻快乐而迷茫。而在过去的十多年，我每天都是在南半球最繁忙的高速公路上穿梭……如今思绪再回到南湖边上，那些林立的高楼大厦已经把视线完全遮挡住了……不过，在非

覃昌华
南部非洲广西总商会会长

洲，你经常可以一眼望出去，眼光收不回来是常事。

昨天黑龙江商会的安会长打电话过来热情地邀约，因为过两周在南非自由省和中国使领馆搞一个鲜花节，看看广西商会能不能参加花车巡游，展示一下广西壮族的服饰，然后把柳州螺蛳粉加入到美食节里。我欣然答应之余突然觉得在南非这样多元文化的国家，说不定以后螺蛳粉也会变成一种重要的美食。毕竟广西柳工集团有限公司（简称柳工）在南部非洲耕耘了那么多年！据说，柳工的李总可是送出了很多的螺蛳粉给他们的客户，反映还不错。

1997年在德国法兰克福的公交车上，听到一个女留学生在打电话，依稀分辨出柳州口音，于是便惊喜地上去"搭讪"。今天在南非，连桂林米粉的香味每天都能飘在华人商城的空气中，融入南部非洲每一天的阳光彩虹里。

上一次回国，从柳南的动车站到南宁的五象广场，我拿着一本书阅读一个半小时就可以举步到达。查了一下微信步数，好像都没有走到一千步。家乡的动车、地铁、钢筋水泥和"移动的城市"，南宁的都市味道已经很浓厚了！不过我还是更喜欢柳州沿江四十公里的单车道，水动风行四十公里，城中乡间飘骑逸行，山重水复一瞬间的感觉。

在南非生活久了，多元文化的潜移默化其实更能感觉到原来桂南桂北也是充满语言碰撞的乐趣，桂南粤语，桂北西南官话，再加上各地的壮瑶苗侗语，有时候觉得南非的十一种官方语言也是可以接受的。

语言可以绚烂多姿，肤色可以色彩斑斓。然而，每一次书写方块字，却是真切感知到在北半球里，那一方家乡的水土和那一方亲人，以及在那里的"那"文化……此刻，我唯有用满满的爱来祝福：祝福壮乡广西年年好景！风调雨顺！百姓安康！

2018 年 11 月 28 日

每年春天来临，柳州二十多万株紫荆花竞相开放，点缀了柳州，恍如人间仙境。当紫荆花与螺蛳粉相遇，会有怎样的碰撞？美味与美景互相融合，视觉与味蕾互相冲击，让游客们流连忘返。

柳州紫荆花节

我们的血脉永远属于壮乡广西

岳　汉
《泰国网》执行总编辑

家乡的父老乡亲：

你们好！

八年前，我离开广西南宁来到泰国，从一个大学汉语教师，变成一家海外中文媒体的执行总编辑。

转眼之间，他乡已成第二故乡。在"一带一路"深入实施拓展大潮之下，无数广西的儿女，顺着百年前"下南洋"的岭南先辈曾走过的道路，如飞絮一般，撒播在泰国的山水城郭之间。

每个年代，都有"新唐"和"老唐"。如今，在年轻的"新华人"中，壮乡广西的儿女已经占据了泰国华人最新一次浪潮中的"半壁江山"。

百年之后，当我们的后人踏上泰国的

土地，泰国的华人华侨，将不再是仅仅拥有一口潮汕口音的中文，南宁、柳州、百色、玉林等地的语音和词汇，将成为在泰"新华人"社群中崭新的标志之一。更多广西籍的同乡会，将在泰国遍地开花，来自广西民族大学、广西师范大学、广西大学甚至广西艺术学院的中泰校友，将在泰国建立起规模逐渐壮大的协会和社团，庇佑着一批又一批的后来者，远行暹罗，落地生根。

我们将在这个国度长久地停留。带着壮乡广西的记忆，带着八桂大地的口音，带着关于螺蛳粉和老友粉的无限忠诚——带着故乡所赋予我们的躯体以及灵魂，在异国生息繁衍，将关于广西的一切，播种在千山万水的彼岸。

我们的后代，将在异国的土地上出生，长大，成为第二代、第三代的华人华侨。但他们的血液里，将永远流淌着广西的基因，闪耀着广西的荣耀，伴随着邕江、柳江、漓江、西江的节拍，代代相传，直至历史的尽头。

我们与我们的后代，将带着关于壮乡广西的一切，在异国的大地上播种，让广西的精神之花，在世界的每一个角落绽放；广西将在我们的身后生长、繁荣、飞跃，从宁静走向辉煌，从美丽变成富足。

当我们的后代，以一个"广西儿女"的身份，回到他们的祖先最初的故乡，他们将自豪于自己故乡的羽化鲲鹏的荣耀，骄傲于血脉中千秋万代的标记。

无论在何方，无论过了多少岁月，我们的血脉，永远属于壮乡广西！

遥祝壮乡广西六六大顺！年年好景！

2018 年 12 月 2 日

南宁青秀山

　　青秀山自古便是南宁市著名的避暑胜地。青秀山风景区内常年翠绿，四季花开，气候宜人，视野开阔。每逢节假日，游客纷至沓来，熙熙攘攘，好不热闹。每年，景区还会举行规模盛大的新春庙会，可以感受广西的人文气息。

常思故乡情　常怀报国心

邓良慧
老挝广西同乡会会长

亲爱的故乡广西：

　　您好！

　　清晨伴随车声鸟鸣醒来，尽管老挝的冬天早上有些许寒意，但是门口的树叶依然苍绿，初升朝阳的第一缕阳光已经洒向了树梢，昨晚广西桂北老家依稀在梦境里出现，早上起来记忆的闸门恍然开启，酷暑的夏天村里大泉井古树荫蔽，寒冷的冬天课堂上父亲准备的火炉，放学回家的路上玩伴的嬉闹……在这一时刻，思念如潮水般地狂涌，那个记忆里的家乡瞬间充盈着游子的所有思绪，占据了我整个身心。

　　最是浓烈思乡情，最是动人报国心。自 1997 年起，我离开家乡北向冰城求学，转而南下鹏城就业，继而转战东南亚国际市场，离开家乡已经二十几载。这些年在家乡政府的关怀和支持下，能有更多机会参加中国—东盟博览会、自治区政协会议、侨办侨联主办的相关研讨学习班等，于是，我得以更多了解家乡的发展及相关政策，有机会服务和促进广西和老挝经贸人文交流与合作，为共建"一带一路"贡献绵薄之力，将游子的思乡之情转为报国之心。

《孟子》有言："天下之本在国，国之本在家，家之本在身。"无论树的影子有多长，根始终扎在土里；无论我身处何时何地，家国情怀始终埋在我的心底。还是那首歌词写得好：国是我的国，家是我的家，我爱我的国，我爱我的家——这就是我此时此刻的心情！

衷心祝福祖国万岁！祝愿壮乡广西经济腾飞！人民幸福安康！

2018 年 11 月 30 日

青石板路、竹篱笆平房、蜿蜒的小巷里升起袅袅炊烟，邻里之间谈笑风生，孩子们成群结伴玩耍嬉闹……桂北老房子承载着多少记忆，在那里仿佛又回到了那质朴又纯真的岁月里。

桂北老房子

游子离家心未远

蒋早胜
南美洲广西商会会长

亲爱的家乡广西：

您好！

我是您在海外的游子，一转眼我已在太平洋西岸遥望您二十余年了。广西壮乡——生我育我的这山、那海，这土、那水，我岂能不思念？！

记得我们刚到国外，南美洲的许多侨胞都对您不太熟悉，但他们甚至我身边的不少外国朋友都知晓"桂林山水甲天下"！

在网络通信不发达的年代，在异国他乡竟然还有这么外国人知道我家乡的桂林山水，这是件多么令人兴奋的事呀！这更坚定了我闯荡南美洲的信心！

此后，我与家乡来的朋友们一道，一有机会就向各地的商会推介我们的壮乡广西，希望能为广西的发展尽一份微薄之力。

果然，中国—东盟博览会永久举办地落户南宁！您用一座座雨后春笋般的高楼，以及一条条如血脉般将各市、县紧连在一起的高速公路及高铁，向世人展示了您已不再是当年"山高皇帝远"的百越之地。

今年是您六十周年诞辰，我很高兴能看到壮乡广西如今的兴旺，我相信不久的将来这些成就定会更上一层楼！此时此刻，我内心充满了自豪与祝福，祖国的强大，家乡的发展，深深感染了我！

游子离家，置身万里，心未远离。我虽然走出了壮乡，跨出了国门，但血肉之躯何尝走出过对您的思念！又怎能抵挡那山歌米酒的诱惑？为了给您争取更多的美誉，我们在海外的游子一定会更加努力！

最后，我衷心祝愿您在党中央和国务院的带领下，在所有壮乡儿女的期盼中，变得更加繁荣昌盛，更加美丽富饶！

2018 年 8 月 30 日

一列列和谐号列车，如期而至。从脚下穿过，从眼前飞过，它们运行在期待的目光里，远行在壮乡儿女走向富强走向腾飞的道路上。呼啸而来的高铁时代为广西高质量发展助力蓄能。

飞驰中的动车

我热爱大美广西

亲爱的故乡广西：

您好！

渡远南洋邕州外，

友谊关内桂花乡；

三月归来唱彩调，

贝侬情浓酒更香！

离别家乡有经年，再踏故土已新天。

我热爱大美广西——那十万大山呀连着六万山，还有那延绵不尽的"绿树海洋"；那从东兴连到合浦的北部湾，海也是天；看那右江、柳江、漓江、金城江，还有那西江、邕江、南流江，都流过我美丽的壮乡；请品油茶、茉莉花茶、金花茶，还有崖茶、六堡茶，皆是千百年来名声在外的广西好客茶！

莫锦策

泰国广西总会副主席

看完粤剧大戏，哼着采茶调，唱着山歌和《刘三姐》，更有时代的赞歌在山谷里回响，这就是我多姿多彩的八桂壮乡！

以前，友人不知广西在何处，我必定黯然神伤。如今，我会骄傲地请他喝崖茶，聊"三月三"！说高铁，话地铁，谈南宁吴圩新机场，还有年年相约于金秋的中国—东盟博览会，更有国际陆海贸易新通道、环北部湾、西江经济带、粤桂经济圈……这就是当今壮乡广西的新面貌！

这些年，每逢"三月三"，我们与东盟友人共欢庆。"三月三"进泰国，进东盟，讲好中国故事，传播广西声音，已成常态。把广西带进东盟，把东盟带进中国——这是我们生活在东盟国家的华侨华人之光荣使命！因为我热爱我的故乡广西，我愿奉献微薄之力参与建设壮乡美好家园。

广西，我祝福您！祝愿您政通人和，繁荣昌盛！更祝愿我们广西人民团结和谐，开放包容，创新图强，去创造更加骄人的成绩！

2018 年 11 月 28 日

南宁吴圩国际机场

　　2019 年初，南宁国际空港综合交通枢纽工程建设项目正式启动，计划投资六十六亿多元。2022年建成后，航站楼出口处就是地下的地铁和高铁换乘站。从此除了上海虹桥枢纽，南宁吴圩国际机场也可实现高铁、地铁、长途班车、机场大巴一站式综合枢纽，地铁和高铁都在地下走，汽车在一层，瞬间高大上起来有没有？

感恩祖国的强大
感动故乡的变化

邓卫国
瓦努阿图共和国广西同乡会
会长

家乡的父老乡亲：

　　你们好！

　　今年回广西南宁参加第十届侨代会，恰逢广西壮族自治区迎来六十周年华诞，更接到《广西日报》"海外家书"的热情约稿，心潮荡漾。回到瓦努阿图共和国首都维拉港，即刻欣然命笔。

　　此刻，我仿佛又回到了二十世纪八十年代末，我从广西南宁来到南半球，来到美丽的南太平洋岛国瓦努阿图。当时的南宁民族大道只是扩建到现在的南湖桥头，埌东这边刚刚开始开发，私家车寥寥无几，路上跑的绝大部分都是机关单位或国企的"公家车"，青秀山风景区只有一条崎岖不平的小路上去，家乡还没有高铁和地铁……

今年回来，我看到的南宁仿佛都不认识了！从机场高速出来，没有一个红绿灯直到市区，一路畅通无阻，中国—东盟博览会会址气势磅礴，高铁班次四通八达，地铁 1、2 号线已投入运营，3 号线亦将运营，民族大道已成为一道亮丽风景线！

据悉，由于快速发展，南宁城区原有的土地已不适应目前的需求，所以又东扩了十五公里……青秀山从默默无闻发展至今成为国家 5 A 级风景区，五象新区的规划简直就是又造就了一个新南宁——融体育、新闻、艺术以及市民中心于一体，广西国际壮医医院也已经建成，世界五百强企业均有进驻南宁，令人激动的喜事不胜枚举……

说实话，我走过澳大利亚、新西兰等发达国家，觉得还是故乡广西发展速度快！

作为海外游子，我衷心感恩祖国的高速发展和强大，感动广西翻天覆地的变化，使我们在海外的地位明显提高，特别是在瓦努阿图共和国。在广西壮族自治区迎来六十周年华诞之际，我衷心祝福壮乡广西——祝福我的故乡继续加大改革开放，在不破坏自然环境的前提下，继续保持良好的发展速度，借助中国—东盟博览会这个平台使广西的发展更上一层楼！

2018 年 9 月 28 日

挺拔笔直的大王椰、茂盛的扁桃树、粉红色的朱槿花交相辉映、错落有致，彰显浓郁的亚热带景观风情……和我在民族大道上走一走，由西走到东，从东走到西，穿越南宁的这张城市名片。

南宁民族大道

乡音未改　初心不变

李珂珂
泰国《星暹日报》副总编辑

家乡的父老乡亲：

你们好！

我是土生土长的南宁人。少年时期，我荣幸地加入了自治区妇联和自治区文联组建的广西少儿艺术团，代表广西的少年儿童到全国各地进行公益演出，还受邀出访多个国家进行文化艺术交流。

每一次演出，我都努力做到最好，因为我代表的是家乡广西。这份特殊的经历使我比大多数人更了解壮乡的民族文化，心中有着挥之不去的壮乡情结和浓浓的民族自豪感。

2008年，我离开南宁来到泰国求学。大学毕业后，我留在泰国工作，至今我已经在泰国整整生活了十年。纵使时光荏苒，有些东西却从未改变。一张口就说的南宁普通话，自带家乡的标签，让我在泰国的广西老乡面前一下子便能相认。

"游子行千里，仍念炊烟升。"乡愁就是对家乡味道的思念，在泰国能吃到一碗广西米粉都让我觉得是最幸福的事！

风雨征程六十载，家乡发生了翻天覆地的变化。身在泰国的我感受尤其明显。多年前向泰国人介绍广西时需要地图辅助，借广东等周边省份来提示，到现在，一提到广西，人们就会说"广西发展潜力巨大""变化非常大"等赞美之辞，此时此刻，我内心的自豪感油然而生。

如今的广西正以广阔的视野融入"一带一路"建设，成为中国—东盟的重要开放平台。八桂大地，东方一隅，中国之崛起，中国与世界多边交流的兴盛，让世界看见了广西。

我的家乡美丽神奇，是天下民歌眷恋的地方，更是世人心中永远的向往。祝福我可爱的家乡六十周岁生日快乐！

2018 年 12 月 6 日

"从前我爷爷开的那间花桥荣记，就在漓江边，花桥桥头，那个路口子上。"白先勇笔下著名的桂林米粉，是一碗深藏在游子心底的热气腾腾的乡愁，凝结了真挚的情谊。广西是著名的米粉之乡，南宁老友粉、柳州螺蛳粉、桂林米粉是广西米粉的代表。一年三百六十五天，不分老幼、不分贫富，在广西人人都爱吃米粉。

家乡的米粉

八桂必将更辉煌

黄天华
加拿大温哥华广西同乡会执行会长

家乡的父老乡亲：

大家好！

我的家乡在桂林，出国这么多年了，最是难忘那漓江水，最是难忘那壮乡情。

作为华侨，虽身在海外，但我时刻能感觉到壮乡广西的脉动。

如今的广西，更加开放和包容，更加蓬勃发展，更加和美安康。每次回家，我都能感受到家乡日新月异的变化。桂林开通了不少新的国际航线，让我们华侨华人回乡更便捷了！桂林高铁更是四通八达，感觉桂林人民生活喜气洋洋，民族和睦一家亲。走在城市的道路上，到处都充满了无限的精彩。身为海外华人，我深感骄傲与自豪。走过一甲子的广西，必将有更辉煌的未来。

在海外多年，作为加拿大温哥华广西同乡会执行会长，我和其他几百名老乡会员，都有深刻的感受，祖国强大了，才是我们华侨华人最有力的依靠；家乡富饶了，才是我们最美好的期待。今天，我们的祖国和故乡，就是我们所期待的风景。我们海外同胞心系祖国，情牵家乡；我们时刻在关注家乡的发展，关心家乡的未来。

值此自治区迎来六十周年华诞之际，送上我和加拿大温哥华广西同乡会最美好、最诚挚的祝福，祝愿家乡人民生活更美好，祝愿祖国繁荣昌盛！

2018 年 11 月 26 日

桂林漓江

　　"江作青罗带，山如碧玉簪。"桂林漓江像一条青绸绿带，盘绕在万点峰峦之间，奇峰夹岸，碧水萦回，削壁垂河，青山浮水，古朴的田园人家、清新的空气，一切都那么诗情画意。桂林山水甲天下，果然名不虚传。

民歌海外传欢喜

谭卓蓉
美国东方文化艺术团团长
美国广西社团总会副会长

谭卓蓉

家乡的父老乡亲：

你们好！

我离开广西二十多年了，虽然相隔万里，但我一直关注着壮乡的发展。看到家乡的不断进步，各族人民正走在脱贫致富奔小康的道路上，心中感到无比的欣慰。感谢中央对广西的关怀以及温暖的民族政策！感谢家乡勤劳朴实的父老乡亲！你们让我觉得作为一名广西人很光荣。

每当美国的朋友问我从哪里来，我都会自豪地对他们说：我来自美丽神奇的中国壮乡广西。我们壮乡拥有奇特的喀斯特地貌、灿烂的文物古迹、浓郁的民族风情，还有甲天下的桂林山水、德天瀑布、花山岩画、北海银滩、巴马长寿乡等，使得广西独具魅力。

为了更好地向外国友人介绍和宣传广西，弘扬中华文化，促进中国和世界文化交流，同时也安慰自己的思乡情怀，我于2001年在美国创建了东方文化艺术团。我们艺术团的队友们利用业余时间平均每年进行艺术表演三十多场次，讲述中国文化，传播广西风情。节目包括歌舞、小品、功夫扇和器乐等。例如歌舞节目有《大地飞歌》《广西尼的呀》《广西风情》《我是广西人》《跟我学壮语》《采茶姑娘上茶山》，以及《刘三姐对歌选段》《桂林渔鼓》《玉林山歌》等。我亲自创作和编导的歌舞节目《闹洞房》和《环球蜜月旅行》获得了2012—2013年美国康涅狄格州大哈特福德地区艺术奖。

2017年12月，我带领的艺术团在参加2018全国中老年春晚美国选区的比赛中获胜，并在2018年1月代表美国华人华侨飞往北京参加全国中老年春晚的电视节目录制。很多美国人看了我们的表演后，都觉得我们的民族文化很独特、很吸引人，觉得我们的壮乡广西非常令人向往，表示有机会一定要去广西看看。

最后，请允许我以拙诗一首，祝福壮乡广西的发展更加蒸蒸日上，家乡人民更加幸福如意，在新的起点上事业更上一层楼！——"甲子辉煌百业兴，东盟誉满壮乡情；民歌海外传欢喜，一带扬帆一路平。"

2018年11月28日

蓝天白云，水清沙白……这是麦兜梦中的马尔代夫，在北海银滩也能找到这样的惬意。一到暑期这里就游客如潮，冲浪、戏水，不亦乐乎。广西北海银滩面积超过大连、烟台、青岛、厦门和北戴河海滨浴场沙滩的总和，是中国南方最理想的滨海浴场和海上运动场所，以其"滩长平、沙细白、水温净、浪柔软、无鲨鱼"等特点，而被称为"天下第一滩"。

北海银滩

六十甲子话盛世

莫菲菲

洪都拉斯广西同乡会副会长

亲爱的家乡广西：

　　您好！

　　当我在美国街头，看到外国顾客在桂林米粉店前排起长队；当我在欧洲的电影院里看到以桂林风光为背景拍摄的国际大片；当我在遥远的非洲，遇见参加联合国维和驻防任务的桂林警官，异国的乡情乡音，让环球行走的壮乡人感到无比骄傲与自豪！

　　活力广西，山海相约；"一带一路"，连通世界。家乡广西正在构建面向东盟的国际大通道，努力打造西南中南地区开放发展新的战略支点，形成 21 世纪海上丝绸之路和丝绸之路经济带有机衔接的重要门户。以上这些，都让家乡广西的国际舞台无限拓展和延伸，壮乡广西的历史机遇千载难逢！

吾辈正逢国运昌隆、中华文化复兴之际，不仅要为国家经济增长奉献力量，更要在文化构架上谱写新章。目前，我们正在故乡桂林朝文化出版、文旅文创、艺术融展等多方面拓展，宣传桂学，挖掘桂地文化的力量。

六十甲子从头越，八桂大地展新颜。今天，广西的历史正在翻开崭新的一页——奋进新时代，壮美新广西！

值此广西壮族自治区迎来六十周年华诞之际，让我们共同祝福家乡广西明天更美好！祝福我们伟大的祖国繁荣昌盛！

2018 年 12 月 10 日

桂林米粉店

为什么桂林人那么喜欢吃米粉？桂林米粉到底有多好吃？早上问桂林人吃什么，答：吃米粉。中午问桂林人吃什么，又答：吃米粉。晚上问桂林人吃什么，再答：吃米粉。桂林米粉的灵魂就在于卤水，自家熬出来的卤水光是在店门外都能闻见香气，那些路边摊的米粉店味道也许就是最正宗的。

"好日子都是干出来的"

赵胜堂
越南中国商会广西企业联合会
监事长

家乡的父老乡亲：

大家好！

喜迎广西壮族自治区六十周年华诞，壮乡人民欢天喜地。在这里，我祝福我们壮乡广西：日新月异创辉煌，"一带一路"立新功。

我自二十世纪九十年代进入越南，从做边贸开始，与越南方面的贸易合作越做越大，也看到越南革新开放后的蓬勃生机和商机。我们公司把柳微汽车和农用车、东风柳汽、中国重汽载重车、柳州塑料机等各种国产产品源源不断地出口到越南，又从越南进口铁矿石供应广西柳州钢铁集团有限公司，进口铅锌供给锌品厂，为发展中越两国的贸易出力出汗。

在长期的进出口活动中，我结识了数不清的越南企业家，国之交在于民相亲。在我们广西壮族自治区成立六十周年的喜庆日子里，让我们也祝福中越友谊万岁！

2016年5月21日，越南中国商会广西企业联合会成立了，我荣幸地当选为联合会的监事长。我们同广西玉柴机器集团有限公司、东风柳州汽车有限公司、广西柳工集团有限公司等企业抱团发展，我们欢庆在越南河内终于有了一个"广西企业家之家"！在这里，我们向广西同胞问好！祝福家乡父老乡亲幸福安康！

好日子都是干出来的，六十大庆之后，让我们撸起袖子加油干吧！

2018年12月8日

宝骏电动车

党的十八大以来，广西推出促进工业跨越发展的系列政策措施，围绕供给侧结构性改革主线，推动传统产业企业以创新驱动发展，使传统企业重新焕发出生机。如今的广西正加快打造数字经济新引擎，促进大数据、人工智能、互联网与实体经济深度融合，推进产业数字化，建设一批智能化工厂，培育一批"四新"企业，助力广西企业越做越强。

家乡一直是我心中的牵挂

汤建湘
柬埔寨广西商会创会会长
柬埔寨广西同乡会创会会长

汤建湘

亲爱的家乡广西:

　　您好!

　　每逢佳节倍思亲,在您迎来六十周年华诞之际,特拟"家书"一封,送上我最诚挚的祝福!

　　我是一名新华侨。2007 年,借中国—东盟合作的东风,我来到柬埔寨投资发展,经营销售家乡拳头品牌——柳工机械系列产品。十多年来,经过不懈的努力,依靠柳工产品优越的性能,企业生意蒸蒸日上,产品销售在行业内处于领先地位。柬埔寨从政府官员到企业商家,甚至普通民众,都从柳工产品进一步认识了广西。柬埔寨首相洪森更是多次在活动中亲自驾驶柳工机械,并给予高度评价。家乡的产品能够在异国他乡得到高度认可，身为参与者，身为广西人，我深感荣耀啊！

　　作为一名旅居海外的广西人，宣传壮乡，推介家乡，推动广西与所在国的交流合作是我们义不容辞的责任和使命。2013年12月，在家乡政府的大力支持下，在旅柬广西同乡的共同努力下，柬埔寨广西商会、柬埔寨广西同乡会成立了，我荣幸地当选为首任会长。五年来，我们一直为推动广西与柬埔寨的经贸合作、人文交流、旅游合作不懈努力。今年，也恰逢商会成立五周年，可谓双喜临门！

　　出国十余年，家乡一直是我心中的牵挂。柬埔寨离广西很近，只需要两小时的飞机，因此我也得以经常回家看看。近几年，家乡在中国—东盟合作与"一带一路"倡议的双轴驱动下，经济社会发展日新月异，让我们倍感欣慰，以身为中国人、广西人而自豪。今后，我们将一如既往地继续支持和关注家乡的建设与发展，做好广西在柬埔寨的"宣传大使"，让更多柬埔寨人认识广西，了解广西。

　　亲爱的家乡，我要诚挚地祝福您生日快乐、百姓安康！

2018年12月5日

柳工机械

广西柳工集团有限公司（以下简称柳工）创建于1958年，半个多世纪以来，柳工一直坚持自主创新，以柳工人的勤劳智慧和团结求实的精神，打造了柳工这一民族工业品牌。全国第一台轮式装载机、第一台铰接式装载机、第一台井下装载机、第一台最大吨位的装载机……柳工的历史就是中国工程机械乃至中国装备业发展史的缩影。

我与壮乡相距越远越亲近

农　林
匈牙利广西同乡会副会长
匈牙利多瑙书画社副社长

亲爱的父老乡亲：

　　你们好！

　　我老家在天等县镇远乡巴发村。爷爷早年离开那里赴东洋留学，回国后办学参政建设乡里，是广西知名人士；外公后来成了李宗仁在读的陆军小学教官；父亲从那里开始走上革命生涯，直到任职中央机关……

　　受先辈激励，我二十世纪八十年代赴日本留学专攻美术，九十年代初来匈牙利国家舞台美术中心工作，后来又逐渐改行到文化和旅游开发事业，重点推荐中华文化走出去和展示中国少数民族地区的发展成就，至今已近三十年。其实，我看上匈牙利并不是偶然，这个神奇的民族千年前脱亚入欧，作为欧洲的少数民族发展壮大，现在又成了中国与中东欧国家"16+1"战略伙伴关系的"桥头堡"。

我早已吃惯这里的土豆烧牛肉，却更怀念壮乡的桂林米粉；虽然已对当地语言烂熟于心，更上口的却是家乡的南宁普通话，以致我那身为博物馆研究员的太太肖君至今还能用壮语不假思索地会话甚至歌唱，让外国友人倍感神奇。

我终于悟到：爱国，绝不是一个空洞的词，它就具体表现在心疼生我养我的父老乡亲和那一片土地以及与之相关的一切，须臾不受时空限制……夫人说我是：与壮乡相距越远越亲近！

遥祝壮乡越来越美好！家乡人民幸福安康！

2018 年 12 月 3 日

天等辣椒

天等县位于海拔八百米以上云贵高原，四处都为崇山峻岭。当地人民为了生存都有刚强意志和毅力，传说他们的毅力以及勤劳俭朴感动了上天，上天就把指天椒赐给他们。让他们在劳作时可以咬上几口，以保持清醒的头脑和旺盛的精力。天等指天椒，因为辣椒果都是指向天空而得名，天等也被称为"指天椒之乡"。

月是故乡明　情是故乡浓

梁森相
意大利广西商会会长

亲爱的故乡广西：

　　您好！

　　我是旅居意大利的游子梁森相。离开家乡的人，带走了绿叶，却留下了根。

　　月是故乡明，人是故乡亲，情是故乡浓。在喜迎自治区六十周年华诞的欢庆日子里，我把对故乡的思念与祝福，化作浓浓的乡情：江水三千里，家书十五行。行行无别语，只道早还乡。

　　来到意大利，在异国他乡的繁华中，故乡就像一张张幻灯片，那青山，那绿水，始终在我心中。

　　而今，又迎来了自治区六十周年华诞的喜庆。我的思念变成了梦，那满眼的青翠泅湿了山色，那潺潺流水流过我的梦中，回乡的路也就仿佛如梦般连接了我的壮乡故土、我淳朴热情的父老乡亲……

乡情不灭，初心不改。世界上美丽的地方很多，意大利水城威尼斯世界闻名，还有埃及古老的金字塔、俄罗斯神秘的白夜、塞纳河畔迷人的黄昏、挪威午夜的太阳……都不能唤起我的爱。只有你，我的故乡美丽的广西，我生在你怀抱里，行路万里，走不出桑梓年轮；击水三千，褪不去故土的幽香。

山高天远烟水寒，温馨是故乡。广西，我深深地爱着您，我要以实际行动来表达我这份真切的爱——我决定回故乡投资置业，参与建设家乡！

让我们共同祝福家乡明天更美好！

2018 年 12 月 3 日

从北部湾畔到漓江之滨，从桂西边陲到桂东山区，穿行于壮乡村寨，随处可见"家在青山绿水间，人行诗情画意中"的美丽乡村图景。广西是西部边疆民族地区，经济发展相对滞后，城乡发展不充分、不平衡。2013 年年初，一场"美丽风暴"在八桂乡间悄然刮起。这就是自治区党委、政府开展的"美丽广西"乡村建设活动。这股"美丽风暴"激活了村庄的内生动力，一个个亮丽的新农村展现在世人眼前。

白鹭翩跹

"我要做壮乡的'小邵逸夫'！"

陈隆魁
美国美中文化经济协会主席

家乡的父老乡亲：

你们好！

六十一甲子，弹指一挥间。我们广西这个昔日贫穷落后的边疆地区，在党中央的正确领导和亲切关怀下，壮乡各族人民凝心聚力、砥砺前行，用智慧和汗水成就了祖国南疆翻天覆地的变化。

如今，壮乡生机勃勃、欣欣向荣。作为海外华侨华人，我真切感受到了美丽壮乡在政治、经济、文化、生态等领域的稳定发展和取得的进步。特别是漓江生态环境的改善，我的感受尤其深刻。我自小在桂林漓江边长大，老家就在叠彩山下。当时的漓江生态环境管理还没有得到充分重视，各种未经处理的生产、生活污水直接排入江里，污染比较严重，路过江边常要掩鼻而行。现在，如果你傍晚到漓江沿岸走走，你就会看到经过精心打造的两江四湖景色美轮美奂，水波倒映着火树银花，璀璨漫天，国家 5 A 级景区就是我们生活的家园。

祖国发展日新月异，令人欢欣鼓舞。这些年，我从海外归来，有幸参与了家乡桂林的建设，也非常愿意为壮乡的发展，特别是为家乡教育事业的发展贡献自己的绵薄之力。我希望自己能像邵逸夫先生那样为祖国的教育事业贡献自己的力量。邵逸夫先生为祖国捐助了数不胜数的逸夫教学楼，为祖国教育事业的发展发挥了重要的作用。我也希望自己能成为一个"小邵逸夫"，在家乡这片热土上，建成一系列的"隆魁教学楼"——此乃我人生最大的梦想。

2017 年 12 月，第一座"隆魁教学楼"在桂林阳朔白沙镇观桥小学顺利揭牌落成，实现了我的第一个"小梦"。我将会继续努力，继续为家乡的教育事业做贡献，让更多的"隆魁教学楼"尽快在壮乡落成。

少年强则中国强。在广西壮族自治区六十周年华诞来临之际，我衷心祝福美丽的壮乡更加繁荣昌盛，人民幸福安康。祝福自治区生日快乐！

2018 年 12 月 5 日

隆魁教学楼

　　许多侨胞十分关心家乡教育，教育领域成为侨胞资助家乡的重点。儿童是祖国的花朵，是国家未来的希望。于 2017 年 12 月 13 日落成使用的隆魁教学楼，圆了当地孩子们的上学梦。

"家乡的变化让我们兴奋不已"

吴 红

北欧广西同乡会会长

家乡的父老乡亲:

你们好!

2018 年注定是一个不寻常的年份,中国的改革开放走到了第四十个年头!我们的广西壮族自治区,也迎来了六十周年华诞!我们北欧广西同乡会也迎来了五周年庆典!

当年,得益于祖国的改革开放政策,我得以走出国门,步入一个世界顶尖医学科学水平的研究团队。从此,日积月累下造就了我的自信,成就了我引以为豪的事业。二十多年异国他乡的蹉跎岁月,家乡无时无刻不在我们的眼前浮现……

中国—东盟博览会从 2004 年开始永久落户南宁,从此家乡开启了跳跃式的发展。

每年一小变，三年一大变。家乡的一系列变化，让我们这些海外游子兴奋不已。我们自豪地成为广西在北欧的代言人，美丽的建筑、五彩的花朵、清澈的江水、秀美的青山和热情好客的壮乡人民，这就是我们的家乡广西……

漂泊了许多年之后，为了更好地抱团取暖，终于在2013年我们有了自己的组织——北欧广西同乡会。我们搭起了一座联系家乡广西与北欧广西人的桥梁。我们迎来送往，为家乡的建设与发展献计献策，以实际行动促进北欧与家乡广西全方位地开展交流与合作……

习总书记说得好：共同富裕路上，一个不能掉队！在此，我们寄语广西尚未走出贫困的人民，在党和政府及全国人民、海外华侨华人的共同帮助下，以及你们自身的积极努力下，你们摆脱贫困指日可待！

时光穿梭，岁月变幻。值此广西壮族自治区成立六十周年之际，我们北欧广西同乡会送上最诚挚的祝福——祝愿壮乡广西明天会更好！

2018年11月12日

广西好风光

　　广西，美丽的八桂大地，有人这
样形容广西：所有的山川都在舞蹈，
所有的河流都在歌唱。"桂林山水甲
天下"，说到广西风光，就不只是桂
林了，壮观的龙脊梯田、气势磅礴的
德天瀑布、绵延千年的花山岩画、洁
白细腻的北海银滩……广西处处都
是好风光。

"我们是广西人!"

封祖超
泰国广西总会永远名誉主席

家乡的父老乡亲:

你们好!

欣闻广西壮族自治区迎来六十周年华诞,我在遥远的泰国曼谷,心情澎湃,夜不能寐,特写"家书"一封,送上我诚挚的祝福!

我的祖籍是广西最大的侨乡、沙田柚原产地——容县。作为第三代华裔,我在孩提时对容县并没有太多了解。因为我从小生活在泰国最南端的勿洞市,父亲经营橡胶园,母亲操持家务。爷爷常对我们说:"我们的老家在中国广西容县,我们是广西人!"

一百多年前,爷爷为了谋生,离开家乡广西容县杨梅镇闯南洋,最后到达泰国勿洞开荒种橡胶。勿洞与马来西亚接壤，现有华人六万多人，其中百分之八十是广西同乡，故被誉为"广西村"。

二十世纪八十年代中期，我光荣地当选为泰国旅游协会副理事长，协助泰国政府旅游局开发了泰南的普吉岛、泰北的清迈新景点等。如今，这些景区红红火火，把泰国旅游推上了一个新的台阶。吾等自豪，我心欣慰！

那时，作为泰国广西总会主席，泰皇御赐我"慈善金皇勋章"，任命我为皇家御林军第二军二等军司令部顾问。2006年12月，我被任命为泰国内政部部长顾问，我是泰国华人首位获此殊荣的人。那时，这真是在泰桂籍华侨华人的骄傲！

我虽然做出了一点儿成绩，但我时刻记得我的根在中国广西。我一直牢记爷爷的话："我们是广西人！"而今中国繁荣强大了，才有我们海外华侨华人的地位。我给家乡做点事情，那是为祖籍国献孝心啊！

自二十世纪九十年代起，我每年都要回广西几趟，每次都带回一些项目落户壮乡，或为家乡的企业"走出去"出谋划策。在第一届中国—东盟博览会召开前夕，我以泰国广西总会主席的名义提议泰国华侨最高侨团机构——泰华九属会馆组团赴广西考察，让泰国华侨对广西有了更深的认识。同时协助自治区政府代表团赴泰国举办盛大的推介会，配合自治区政府与泰国外交部协商设立泰国驻南宁总领事馆。此外，由泰国广西总会牵线搭桥，使梧州与尖竹汶、钦州与龙仔厝、玉林与北榄坡等成功签约为友好城市，为繁荣广西经济贡献绵薄之力。

时逢盛世，又迎华诞。请允许我衷心祝福壮乡广西经济更加繁荣，各项事业蒸蒸日上，父老乡亲生活更美满！

2018 年 12 月 2 日

容县都峤山

　　这里是丹霞地貌，风景优美。当年徐霞客曾在此考察了五天，后来在《徐霞客游记》中作了详尽描绘；这里还是道教三十六洞天中的第二十洞天，宗教文化源远流长……

我对壮乡魂牵梦萦

邓宏智

马来西亚广西总会秘书长

邓宏智

壮乡的父老乡亲：

你们好！

值此广西壮族自治区六十周年华诞来临之际，身为海外广西人的第三代，我谨献上诚挚的祝贺与祝福——祝愿壮乡广西繁荣富强、风调雨顺！

我与广西目前尚没有什么生意往来，但我所处的组织与广西外事侨务办公室及广西归国华侨联合会联系密切，加上自治区政协等单位的邀请，每年都有好几次的广西之行。

我忒喜欢壮乡广西。很多人都知道"桂林山水甲天下"，可是仍有许多人不知道"广西处处是桂林"。广西的旅游资源十分丰富，尤其是喀斯特地貌造就了桂林的山清水秀，加上山水情景剧《印象·刘三姐》，使桂林美名远播。

近十年来，我去过的广西县、市远比去中国其他省份多。广西还有很多旅游资源可能是许多东盟人民所不知道的，如崇左宁明县的花山岩画、百色乐业县的天坑群等旅游资源，这些都有待向东南亚推广及宣传。广西拥有两个国际机场——南宁吴圩机场及桂林两江机场，我们应充分利用直航的优势，开发更多的旅游线路，并且要和海外的旅行社建立密切的合作关系，多参加一些国际旅游展，或通过与当地桂籍同乡会、商会的合作，极力推广具有广西特色的中国壮乡旅游项目。广西宜多宣传一些少数民族的建筑群及村寨、美食、小吃、米酒、乐器、歌舞、服饰及手工艺品等，最好也能规划生产一些具有地方特色的手信或特产，让海外游客可以带得回去送礼，为当地创造更多的旅游收入。

虽然我出生在海外，但对于祖籍国中国尤其是故乡广西，我一直魂牵梦萦。我对故乡广西念念不忘，举凡报章杂志出现有广西的新闻，都会让我有所期待地拜读，或在外看到与广西有关联的字眼，我也会不由自主地驻足凝望，这就是我牵挂壮乡的情愫。

2018 年 11 月 26 日

花山岩画

　　"百里左江百里画，千古花山千古谜。" 左江花山岩画是国内外范围最大的古代岩画之一，是广西少数民族壮族先民骆越人群体崇拜遗留下来的古迹，距今已有两千多年的历史。2016年，左江花山岩画文化景观被列为世界文化遗产，成功入选《世界文化遗产名录》，不仅实现了广西在世界文化遗产记录上的"零突破"，也弥补了中国世界遗产在岩画记录方面的空缺。

"广西是我安放心灵的地方"

荣守宇
加拿大国际教育基金会董事
局主席

亲爱的壮乡广西：

您好！

每个人心中都有两个故乡：一个是出生的地方；另一个是安放心灵的地方。

二十年前，我与壮乡结下今生之缘：作为广西壮族自治区引进的加拿大籍专家，我于1998年深秋初次来到美丽的西南边陲——广西。

甲天下的桂林山水、淳朴的壮乡风情、自治区党委和政府的热情，还有大地飞歌的艺术回响，给我这个海外游子留下了美好的印象。我对八桂大地许下了诺言，今生今世要为壮乡儿女办学启智，使壮乡子孙都有走向世界舞台的教育机会。

自那时起，壮乡广西——您已是我

心灵的故乡！

当一个人有了故乡这个"家"的祈盼，他就有了情感，也有了生命的源泉。

感谢上苍，感谢八桂大地的父老乡亲，感谢自治区党委和政府及各界朋友们的认可；感谢广西大学、广西师范大学合作伙伴们的包容、抬爱并赐予我机会引进加拿大西安大略及滑铁卢大学英语模式，与广西大学共办《中加国际学院》（2001 年），与广西师范大学共办"中加国际人才培养项目"（2009 年），同时引进英国文化委员会的雅思考试及培训。

为了这份坚守，为了中加模式的成功，更为了八桂子弟的中国梦、留学梦、成才梦，我在二十年间跨越太平洋八十多次，往返于广西于加拿大之间，从设计中加办学模式到全部实施、从教学模式到管理、从教育内容到考核标准、从引进教材到外籍专家的招聘管理……我们一直在努力着！

二十年里，我参加了十四届中国—东盟博览会、十七届南宁国际民歌艺术节，壮乡广西繁荣发展的历程上，一路有我陪伴的脚印。广西教育国际化征途路漫漫，几经风雨又几度春秋，我们在前进中不断学习，我们在坚持中追求完美。二十年里，我们收获了八桂各界朋友们的信任和友谊，我们参与培育八桂英才无怨无悔。

展望未来，为了广西教育国际化的明天更美好，为开放包容的广西迎来更加辉煌灿烂的未来，我们要加倍努力！

值此壮乡广西迎来六十周年华诞、广西大学迎来九十周年华诞之际，我即兴创作对联一副：神州学人闯北美三十年风云赤子丹心报国志初心未改；华夏儿女八桂情二十载育人桃李芬芳遍五洲岁月如歌。最后，让我们共同祝福壮乡广西明天更美好！

2018 年 12 月 4 日

广西大学大礼堂

恰同学少年，风华正茂；书生意气，挥斥方遒。始建于1954 年的广西大学大礼堂承载了多少莘莘学子的青春记忆！大礼堂是典型的法式风格，气势雄伟，柯林斯式古典柱廊和高大的三角山花，深深地刻在了大家的心里，从不曾褪色……

年年桂花香

杨　辉
美国广西同乡联谊会会长

《签名：杨辉》

亲爱的家乡广西：

您好！

思念的故乡，心中的远方。年轻时离开故乡，不知什么时候起，故乡变成了我们现在的远方，而远方则成了我们现在的家。

我出生于山水甲天下的桂林。我魂牵梦萦的故乡，是个桂花盛开的地方。故乡的一山一水、一草一木，八桂的情谊永挂心上。

正值壮乡广西六十周年华诞，也是我们美国广西同乡联谊会二十周岁的生日。蓦然回首，我们在海外的壮家儿女，积极融入所在国的当地社会，艰苦创业，拼搏进取，为当地的经济发展做出了积极贡献。我们爱国爱乡，为百年奥运，为赈灾济困，我们奔走呼号。一方面，为华夏统一，我们出资出力；另一方面，我们心系桑梓，积极支持故乡的发展。

二十年来，美国广西同乡联谊会经过乡亲们的共同努力，目前已经成为美国南加州一个资深侨团：2014 年，我们邀请广西演艺集团，赴洛杉矶成功举办了展示广西浓郁民族风情的大型歌舞《印象广西》；2015 年，我们特邀中国电影表演艺术家、广西歌仙"刘三姐"——黄婉秋老师一家赴美与桂籍乡亲共度《海上生明月》大型游轮中秋联谊活动；2017 年 9 月，我们率领几十个美国商家进军中国—东盟博览会……这些不仅为广西与美国在文化、经贸等方面的交流提供了重要平台，也为桂籍乡亲们提供了汇聚乡情、凝聚力量、共谋发展的一个重要载体。

梦里的故乡，年年桂花香。每当秋风吹起，桂花雨漫天飞扬，洒落在故乡的大地上，也飘落在我们的心上……

2018 年 11 月 28 日

《印象·刘三姐》

　　"不是仙家不是神，我是山中砍柴人。只因生来爱唱歌，四方漂流难安身。"世界最大的山水实景舞台，中国最具魅力的导演，传唱最久远的民族山歌……2004 年《印象·刘三姐》在桂林漓江风情呈现，开启了大型实景演艺的先河。至今，《印象·刘三姐》已成为广西民族文化的一张名片，也成为中国旅游演艺的经典之作。

心往家乡想　劲往壮乡使

亲爱的家乡广西：

　　您好！

　　一年四季，绿树环绕、鲜花怒放、水系遍布——这便是我美丽的家乡——广西南宁。无论我走多远，我都始终把她的名字珍藏于心底。

　　广西人热情、淳朴，南宁更是喊出了口号——发扬"南宁精神"：能帮就帮，敢做善成。

　　带着家乡赋予我的真诚助人的品质，无论是在北京读大学的四年，还是远赴美国求学工作的五年，我都收获了很多中外友谊与关爱。同时，也将我们亲切可爱的"南宁精神"传递了出去，致力于让其他省市、其他国家的朋友们共享。友人赞曰：

唐紫芊
世界广西妇女联谊总会副主席

"哦，有一个美丽的地方叫作广西南宁，广西人原来是这样的，是这样真诚友善有活力的，棒棒哒!"

身在异国他乡，我常有挥之不去的乡愁。我无比思念家乡，思念仍然辛勤工作在南宁的我的父母亲。今年春天，爷爷奶奶和叔叔对我说:"今年是广西壮族自治区成立六十周年，是时候让你回家乡看看了，带着你的学识和我们的希望!"

如今，正值国家倡议共建"一带一路"，而我作为美东桂籍青年学友会副会长，也积极响应国家号召，致力于用美国的资源惠及家乡，同时也赞助支持家乡的民族文化走向美国，做一个联系中美两国友谊的民间"小使者":我参与创立和维护美东青年学友会，给在美留学生在美国营造一个"家"，并尝试将硅谷的高新技术引进国内……

前不久，我回国后，何其幸运结识了也刚从美国回乡扎根的我的先生，巧的是他也是南宁人，也希望能将家乡与美国的优势资源进行对接。我们有相同的志向，心往一处想，劲往一处使，决定联袂携手为家乡做贡献。

此刻，又是华灯初上，感恩家乡给予我至亲和挚爱，祝福壮乡广西六十周年华诞风调雨顺! 大吉大利!

2018 年 11 月 26 日

南宁中关村创新示范基地

　　在南宁高新区明月湖畔，一栋栋欧式风情小楼伫立，秀丽的风景背后是一片创新沃土——南宁·中关村创新示范基地。基地运营两年多来，不仅为中关村创新资源转化找到了新的平台，也为中关村发挥科技创新溢出效应找到了借助"南宁渠道"走向东盟和"一带一路"沿线国家的出口，更为南宁创新辐射产业发展注入了新活力。

我在澳大利亚推广壮乡文化

黄秋萍
澳大利亚中国旗袍总会会长

家乡的父老乡亲：

你们好！

在八桂大地喜迎自治区六十周年华诞的节日里，我在南半球的澳大利亚向广西的父老乡亲们致以节日的祝贺！

我出生在壮族家庭，从小受到享有家乡"山歌王"美誉的爷爷奶奶的熏陶和影响，我传承了他们爱壮乡、爱山歌的习惯，更爱风味浓郁、多姿多彩的广西民族舞蹈。

二十年前到澳大利亚墨尔本定居后，我是人在海外心系壮乡，壮乡的山山水水、壮乡的民族文化时刻萦绕着我。

在墨尔本，我总想着要在异国他乡展示家乡的民族文化。我先后参与组织和服务过六个艺术团、社团等，亲自组织编排、教授中国民族舞和旗袍秀等，特别是我们广西壮族的《竹竿舞》《抛绣球》，瑶族的《瑶山鼓韵》，苗族的《摆呀摆》，京族的《情定北部湾》等民族舞蹈，这些节目都深受侨居当地的世界各国社团或学校的喜爱，我应接不暇地受邀参加他们的活动演出。其中，壮族舞蹈《抛绣球》在 2018 全球辣妈墨尔本总决赛中夺得最佳才艺奖。2017 年，我在成功举办有千人参加的墨尔本首届国际旗袍文化艺术节中担任编导、总导演。广西的民族舞蹈至今已在墨尔本扎根、打响，成为澳大利亚多元文化的一枝美丽之花。

为加大宣传推广壮乡广西，我连续几年牵头，与广西海外联谊会联手组织参加澳大利亚当地政府或华人社团组织的各种大型文化活动。我们在其中设展，制作大画片或滚动大屏幕，或者把漂亮的广西壮族、苗族、瑶族、侗族等民族服饰、舞蹈展示给澳大利亚人民，将中国广西改革开放以来取得的成果呈现出来，吸引了澳大利亚人民的眼球，使他们流连忘返，赞不绝口，从而让更多的澳大利亚人认识、了解并爱上广西。

八桂辉煌六十载，不忘初心再起航。让我们祝福壮乡广西！祝福壮乡广西明天更美好！祝福家乡的父老乡亲们幸福安康！

2018 年 12 月 5 日

"嘿……什么水面打跟斗？嘿了了啰。什么水面起高楼？嘿了了啰。什么水面撑阳伞什么水面共白头？"广西是壮族"歌仙"刘三姐的故乡。二十世纪五六十年代，广西彩调剧和电影《刘三姐》曾风靡全国和东南亚，其中刘三姐和莫老爷、众秀才对山歌的场景成为经典桥段，她与阿牛哥的浪漫爱情也成了一个时代的美好记忆。

对山歌

云中谁寄锦书来

"离您越远我就越想您"

亲爱的家乡广西：

　　您好！

　　进入十二月，家乡广西应该张灯结彩，筹备举行庆祝自治区成立六十周年的盛典了吧！此刻，远在奥地利的我，格外地思念您——我的故乡广西！

　　三十二年前，我离开家乡来到盛产音乐的美丽国家奥地利。值得庆幸的是，三十二年来，我做的许多事情都和家乡紧密相连。多年来，我们为壮乡广西的企业在欧洲招商引资、考察项目牵线搭桥；经过我们的"穿针引线"，匈牙利沃什州与广西结成了友好区州。

　　此外，作为民间文化交流的策划推动者，我多次带领欧洲艺术家来到壮乡，参

童　辉
奥地利中国和平统一促进会
副会长

加南宁国际民歌艺术节。多年来，我们已经组织了近千名奥地利市民，一批又一批地来到壮乡广西，让他们领略到美丽壮乡的风光，亲身感受中国的惊人巨变。他们回国后，亲口告诉自己的亲朋好友，现身说法讲述中国故事。

明年，又将会有五十名奥地利少年来访广西。而广西南宁市也将会有同样数量的小学生去参加奥地利友城少儿和平艺术节。作为奥地利中国和平统一促进会副会长，为宣传反独促统，我一直坚持不断发出我们华侨华人的正能量的声音。

这些年，我经常往返于奥地利和中国广西两地。每次回到故乡，故乡日新月异的变化，都给了我不少惊喜！

眼下，奥地利已经白雪皑皑，而远在万水千山的壮乡广西依然鲜花怒放，万紫千红，美不胜收。家乡啊！离您越远我就越想您。在您迎来六十周年华诞之际，我真诚地遥祝您越来越美好！

2018 年 12 月 2 日

南宁国际民歌艺术节

　　"牡丹开了唱花歌，荔枝红了唱甜歌，唱起那欢歌友谊长，长过了刘三姐门前那条河……"广西素有"歌海"的美称。每逢节日，群众都会自发举办歌圩节，各地人山人海，歌声此起彼伏，竞相上演一场场民歌盛宴。在淳厚的民歌沃土上，1999年，南宁国际民歌艺术节应运而生。每年秋天，五洲四海的宾朋好友相聚南宁，同台献技、倾心交流，将南宁打造成"天下民歌眷恋的地方"。

"让八桂乡情代代相传"

成立超
第六届、第十七届世界广西同乡
联谊会主席

家乡的父老乡亲:

你们好!

日月如梭,转瞬之间,今年壮乡广西迎来了六十周年华诞,我在新加坡祝福壮乡广西——共庆六十岁喜事连连,走进新时代好运连连。

回想三十五年前,1983年,世界广西同乡联谊会(简称"世桂联会")在新加坡成立并召开第一届代表大会,获得泰国、马来西亚、新加坡以及香港、台湾地区的桂籍代表们的通力支持,大会取得圆满成功,掀开了海外八桂子弟大家庭大团结的历史新一页。

世桂联会曾在新加坡召开过四次大会,第四次大会是在2015年,我再度当选为第十七届世桂联会主席。尽管时光流逝，人事变迁，但是，历届世桂联会总流不走一股深厚的八桂乡情，也变不了我们对这个组织的那份挚爱。

一开始，世桂联会这座联系乡谊的桥梁只建立在亚洲地区。而今，它已经发展延伸到北美洲、欧洲、大洋洲、南美洲和非洲等地。世桂联会成立的宗旨是把全球同乡熔于一炉，其目的是以这个平台作为联络乡谊、交流信息、互相扶持、加强团结、为同乡谋求福利与商机、促进各行各业发展的重要纽带，借此提高桂籍子弟在国际社会上的地位与声誉。

所幸世桂联会在漫长的岁月里，逐步成长。经过风风雨雨之历练，如今共举办了十八届同乡联谊大会。明年春天，第十九届世桂联会将在日本冲绳岛举行。作为第六届及第十七届世桂联会两任主席，本人在此"倚老卖老"，恳请世界各地各位桂籍乡亲不遗余力地继续爱护世桂联会，使之得以承前启后，世代相传，延绵不绝！让八桂精神永照寰宇！

我今年九十一岁了，我的老家在广西容县。我在中青年时代经过艰苦奋斗，事业略有所成，但始终没敢忘记自己的根永远在中国。

于是，我发起创设马来西亚成氏宗亲会和新加坡成氏宗亲会，并以身作则，慷慨解囊，在马来西亚怡保市购置会所，以便为宗亲在敦宗睦族方面提供更完善的环境……我一向秉持助人为乐的精神，热心社会公益和教育慈善事业，出钱出力，任劳任怨，积极回报社会。

至今，我仍担任世界广西同乡联谊会、新加坡广西暨高州会馆、南洋客属总会永远名誉会长，同时也担任超过四十个社团的永远名誉顾问、会长、副会长等职务。

我虽身兼多职，但从不言倦。在马来西亚广西总会筹建会所大厦之时，我带头捐献了马币十四万元，以"成立超礼堂"命名，同时受聘为永远名誉会长。其他各地的广西会馆，我也逐一乐捐善款。

我的一生越洋过海，四处奔波，凡事鞠躬尽瘁。作为创建世界广西同乡联谊会的发起人之一，数十年如一日，我坚持为同乡铺路搭桥，联谊四海同乡，为家乡广西的经济发展和招商引资积极做贡献。

最后，我要恭祝广西各族人民家庭幸福，身体健康，万事胜意!

2018 年 10 月 18 日

容县近代建筑

　　广西容县山川毓秀，人杰地
灵。民国时期，从容县走出的军政
界名人甚众，仅将军就多达七十七
位，容县成为著名的将军县。正是
有了这样一群叱咤风云的将军，才
使得造型别致、建筑独特、风格各
异的近代建筑群，在容县拔地而
起，熠熠生辉。容县近代建筑群，
像一部厚重的中国近代史，记载了
一个时代的兴亡。

"我预见壮乡光明的未来"

陈汝芳
越南广西总商会会长

亲爱的故乡广西：

您好！

我的年龄正好与您同龄。我的家乡在桂林兴安县。

每次回到故乡，站在壮乡这片土地上，我感到一切都是那么亲切！

孩提时代，母亲告诉我，秦始皇当年就在兴安修建灵渠统一中国。儿时与小伙伴们在灵渠河边嬉戏的场景，至今历历在目。后来我赴四川求学，先后在中国社会科学院和越南农业部工作，后来又到越南胡志明市工作，一干就是二十余载。每次回到故乡，我都感受到壮乡广西的快速发展，一年一度的中国—东盟博览会，北部湾经济区上升为国家战略，还有"一带一路"，等等，都为壮乡广西的发展提供了新的契机。我目睹了壮乡人民勤劳智慧的表现，更预见到壮乡广西光明的未来。

俗话说，远亲不如近邻。广西与越南山水相连，尤其是自从中国—东盟博览会在南宁举办以来，中越的贸易往来日益频繁，贸易额不断攀升，中越两国的自驾游、深度游游客络绎不绝。

二十多年来，我虽身在越南，却时刻不忘肩负的责任与使命，为中越两国的友好关系尽一份绵薄之力。从试引进"广西比得好"添加剂，促进越南养殖业发展，到为越南卫生部引进我国专利产品"促肝细胞生长素"，让我国生化制药首次走进东盟，造福越南肝病患者。我希望在我有生之年，能尽我所能，为中越两国多办实事，多办好事。

六十花甲，回望人生，无怨无悔。无论是作为越南中国商会的一员，还是作为壮乡的后代，我始终告诫自己：不忘初心，不要忘本，忠诚奉献。让我们携起手来，为发展中越两国关系和深化互利合作做出应有的贡献。

2018 年 11 月 30 日

灵渠

　　"北有长城，南有灵渠。"在风景甲天下的桂林市兴安县境内，有一处堪与长城相媲美的伟大工程，那就是驰名中外的灵渠。灵渠，初名秦凿渠，与都江堰、郑国渠一起，同属中国秦代三大水利工程之一，也是世界上现存最古老的人工运河。目前，灵渠已成功申报《世界灌溉工程遗产名录》，正积极申报世界文化遗产。

云中谁寄锦书来

满怀深情望壮乡

商　良
中国侨联海外委员
马达加斯加共和国华商总会
常务副会长

家乡的父老乡亲：

　　你们好！

　　我在万里之外的非洲岛国马达加斯加，向迎来自治区六十周年华诞的壮乡儿女们，致以诚挚的节日问候！并以钦佩之情，对壮乡广西各项事业的快速发展献上真诚的祝贺！

　　我的老家是郁江边上的"世界茉莉之都"横县。经过几十年的持续发展，如今，横县茉莉花及茉莉花茶产量占全国百分之八十以上，占世界总量的百分之六十以上，是中国与欧盟互认的地理标志产品，荣获"世界茉莉花和茉莉花茶生产中心"称号。横县茉莉鲜花、茉莉花茶价格指数已经在世界各地的交易市场上榜，茉莉花茶畅销全球，当然也包括非洲各国。有了这一世界共享的名牌产品，虽然远在非洲生活，与老家的距离也不再显得那么遥不可及。

现在，我的亲人大多居住在生态园林之城南宁。近年来，我多次返回故乡，目睹了南宁这座开放创新城市改天换地的美丽变迁：航铁通达世界，快运穿梭奔流；中外客商云集，贸易服务快增；蓝天碧水常驻，鸟语花香常闻；踏歌起舞欢唱，民族风情浓郁……壮乡人民正奋力跨越发展，迅速崛起的城市形象已经不逊色于某些欧洲发达国家的首都城市。

我来到"牛背上的国家"——马达加斯加共和国已有三十余载。我与华商总会的同仁们一道，发扬中华民族的"果敢、坚毅、勤劳"精神，友善团结当地人民，为当地社会带来福祉，为企业团队创造财富。一直以来，我们当地华商与祖国的使团、跨国企业紧密联系在一起，我们为中国和马达加斯加友好事业添砖加瓦。

现在，我们的眼界更加宽广，动力更加充足。乘着"一带一路"的东风，我们致力于构建人类命运共同体。"亲、诚、惠、容"——我们坚持对话协商、共建共享、合作共赢，我们与各国经济互融、人文互通、交流互鉴，我们要造福"一带一路"沿线国家人民。

在外奋斗三十载，壮乡已然繁花似锦，人民奔向幸福安康。时间是那么久远，这种感觉是相思，这种目光是眷恋，这种期待是温馨。今天，通过自治区六十周年大庆的平台，就让我们海内外亲朋好友携起手来，把千丝万缕的牵挂变成一次美丽的相遇和甜蜜的欢聚吧！让我们忘却往昔的艰辛，共同享受今日的欢庆！

扬帆新时代，谱写新篇章。我祝愿壮乡广西的未来更加美好！壮乡人民幸福安康！

2018 年 12 月 4 日

以470县道为轴，穿越横县中华茉莉花现代农业产业园，沿途漫漫花海让人心旷神怡，陶醉其中。横县是中国茉莉之乡，茉莉花种植面积达十万亩，年产鲜花八万吨，是世界茉莉花和茉莉花茶生产中心。横县茉莉花香飘海外，在市场经济大潮中唱响了享誉世界的中国经典民歌《茉莉花》。

横县茉莉花

父亲的预言梦想成真

罗珊珊
日本广西同乡会副会长

家乡的父老乡亲:

你们好!

祝贺我的家乡广西壮族自治区今年迎来六十周年华诞。六十年间,家乡广西发生了天翻地覆的变化:从一穷二白变成一颗"南国明珠",从一个西南边陲省区变成中国对接东盟的开放前沿和窗口。

作为一个海外游子,此时此刻,勾起了我离开南宁赴日本留学前的记忆——那时,南宁只有望火楼、水塔脚、百货大楼、邕江宾馆等那么一丁点儿标志性建筑。现在,每次回家乡都有路盲的感觉。如今的南宁市变成了高楼林立、半城绿树、碧水蓝天、鲜花怒放、拥有高铁和地铁的国际化都市。这些变化,让我想起了我已故的父亲罗昭祥。父亲在 1991 年就预言"天下中枢在广西"，认为欧亚大陆海陆运输线将设在广西。他在 1995 年的著作《广西地理大发现》中写道："南宁未来将是一个国际大都市，成为中国特大城市。北海、钦州、防城港将会建设大型国际港口群，重现中国的新丝绸之路……"

没想到，2003 年 10 月，中国总理温家宝在第七次中国与东盟（10+1）领导人会议上倡议，从 2004 年起每年在中国广西南宁举办中国—东盟博览会。此后，壮乡广西得到快速发展。如今，以南宁市为龙头的广西北部湾经济区风生水起，南宁市还成为包括广东和海南部分城市在内的环北部湾城市群的"群主"……

父亲当年的梦想正一步一步得到印证，它极大地鼓舞了我和我的家人，我们为此而感到自豪！它再次证明了我的老父亲关心故土、热爱家乡和海外华侨华人情系桑梓是一样的。

家乡的繁荣、祖国的强大让我们这些旅居海外的华侨华人增强了自信，让我们可以在海外各国挺直腰杆走路！

在自治区迎来六十周年大庆之际，祝愿我美丽的壮乡越来越美！人民安居乐业！祝福祖国繁荣昌盛！

2018 年 12 月 8 日

南宁的变化

楼高了、路宽了、车多了、景美了……日新月异的变化连土生土长的"老南宁"都很难找到旧城的痕迹，不由自主地感叹南宁的变化实在是太大了。改革开放四十多年来，作为广西的首府，南宁发生了翻天覆地的变化，从昔日名不见经传的西南边陲小城变成了如今吸引世界目光的现代化国际都市，让人感受到了社会发展历史大潮的滚滚向前。

云中谁寄锦书来

难忘金狮巷童年好时光

张吉鹏
英国广西总商会秘书长

亲爱的家乡广西：

您好！

在您的六十周岁生日来临之际，祝您生日快乐！

我从小在南宁长大，我为美丽壮乡感到骄傲。孩提时代我生活在南宁的金狮巷旁，青石板路两边立着充满岭南风格的明清建筑，难忘邕江河畔、民生码头那诱人的水街小吃，它承载了我太多太多美好的童年记忆。

英国广西总商会成立于2011年，2014年我很荣幸地加入了英国广西总商会这个大家庭。英国广西总商会连续多年在英国举办壮乡三月三·英国国际壮乡旅游文化节、英国华夏文化艺术节和八桂嘉年华等一系列宣传和推广壮乡广西的活动，我们都希望能以自己的绵薄之力为壮乡广西的发展添砖加瓦。

六十年风雨兼程，六十年波澜壮阔，六十年春华秋实。六十年来，家乡发生了翻天覆地的变化，中国—东盟博览会、"一带一路"、"两廊一圈"、环北部湾城市群……造福了八桂大地以及无数壮乡人民。我们深刻地体会到家乡的发展进步离不开党和政府的关怀，作为广西人，我们感到无比自豪。

2018年，对于我来说是一个特别的年份，祖国改革开放四十周年，壮乡母亲六十周年华诞，母校广西大学九十周年华诞，我生于斯，长于斯，学成于斯，每每想起，激动不已。

古罗马哲学家西塞罗曾说过："信心就是抱着足可确信的希望与信赖，奔赴伟大荣誉之路的感情。"我相信，在党中央、国务院及广西壮族自治区党委、政府的正确领导下，只要我们坚定信心，携手努力、攻坚克难、开拓进取，壮乡人民就能共同开创更加美好的明天！

最后，衷心祝福壮乡人民幸福安康！祝福我们伟大的祖国繁荣昌盛！

2018 年 12 月 10 日

相传古时曾有一对狮子（一黄一白），在南宁的金狮巷和银狮巷嬉戏，金狮巷、银狮巷因此而得名。金狮巷作为南宁市著名的十二巷之一，2002年被列为市级保护文物。

金狮巷

故乡是最温暖的港湾

陈国灯
美国太极·咏春功夫学院院长

亲爱的家乡广西：

您好！

我是您的海外游子，常常思念故乡。故乡似一壶浓烈的老酒，愈品愈香，真想大醉一场，梦回故里。

喜闻家乡广西壮族自治区迎来六十周年华诞，此刻身在美国的我格外激动，多想马上就回家乡，与亲人们一起团聚欢庆。

记得十年前，我从泰国回到广西南宁参加中国—东盟博览会，感叹故乡的变化之快，摘录一段当时自己写的随笔："十月的金秋，匆匆的脚步，登上一架回国的航班，在茫茫的夜色中，缓缓地滑落在这座平静熟悉而又安详的城市。脚下的步伐，一步一步地散落在我的意念中，感受故乡在给我述说往昔的故事……"时间过去十年了，我依然热爱故里。故乡就是慈祥的母亲，永远期盼远方的游子回家；故乡是最温暖的港湾，短暂的停泊就让我们充满力量与斗志。

这些年，感恩故乡对我的培育与激励。我从桂北奔向邕城，从泰国辗转美国，我习惯了在海外闯荡的生活，因为心中的那些理想，虽侠骨但柔情。不管在哪里，我都会自豪地说我来自魅力广西，我会跟外国人述说广西的点点滴滴，让广西的风采传遍我走过的异国他乡，让更多人对壮乡广西产生一种来看看走走的冲动与向往，让更多的外国朋友有冲动来到壮乡广西投资、旅游和交流。

这些年，我从广西走来，在海外他乡传播着中华武术文化，也传播着壮乡广西的文化。我希望中国的优秀传统文化走遍世界的每个角落，与世界各个国家和地区进行更多的交流。我们相信，努力耕耘总会收获累累甘甜之果。

在喜庆自治区六十周年华诞之际，我衷心祝愿壮乡广西年年好景！家乡的亲人们幸福安康！

2018 年 12 月 10 日

中国—东盟博览会

2004年起，每年9月，在郁郁葱葱的青山脚下，一朵美丽的"朱槿花"都会如约绽放，迎接来自世界各地的嘉宾客商。

这朵"朱槿花"既是中国—东盟友谊之花，也是中国—东盟合作之花，它源自2003年：在第七次中国—东盟（10＋1）领导人会议上，中方建议从2004年开始每年在中国南宁举办中国—东盟的合作盛会——中国—东盟博览会，该提议得到了东盟国家的欢迎和认可。自此，中国—东盟博览会、中国—东盟商务与投资峰会永久落户南宁，每年都在南宁国际会展中心举行。

几回梦里在故乡

亲爱的家乡广西：

您好！想要给您写封家书，千言万语却驻足在笔尖。

家乡，您让我魂牵梦萦！我从高中毕业离开家乡，北上求学，南下工作，在一个边疆城市激情燃烧十几年，因工作关系几乎踏遍祖国的每一个省份。直到二十世纪末到泰国，开始无数次地往返于中泰之间，不断地和当地人讲他们的语言……

恍然间，我已把他乡当故乡，越近老家的城市反而越陌生。然而，几回梦里在故乡。不知从何时起，我心中便有了一个执念：家乡，我总是要回来的！

到泰国后，我和故乡广西的第一次亲密接触，是在 2004 年带团回来参加首届中

陈良军
泰国广西总会副主席
中泰青少年文化促进会主席

国—东盟博览会。从那时起，我在家乡广西开拓了入境旅游业务，见证着广西一条条开通和东盟国家许多知名城市间的国际航线。之后，我又陆续在泰国注册了公司，加入了当地的广西社团，在泰国发起成立了中泰青少年文化促进会。

如今，十几年过去了，我们组织了数万名境外游客到广西观光旅游，组织了数万名国内青少年到泰国进行文化交流，为中国企业走进东盟翻译了数百万字的工程资料，为广西文化融入世界参与策划了"三月三"首次走出国门，投资曼谷围棋俱乐部，参加广西自有知识产权的城市围棋联赛，等等。一件件、一桩桩，只为了一个目的：努力融入壮乡广西天翻地覆的发展洪流中，一步步地实现着自己的家乡回归梦！

转眼间，家乡广西壮族自治区迎来了六十周年华诞。除了奉上我最真挚的祝福，我也很想在自己花甲之年到来之前扎根广西，见证家乡的巨变，感受岁月的变迁，拥抱壮乡广西更加美好的明天！

2018 年 12 月 8 日

乘一叶小小的竹筏顺着水流漂游，一直走到水汽氤氲的德天瀑布下面。这个亚洲第一的跨国瀑布，位于崇左市大新县硕龙镇德天村，中越边境处的归春河上游，与越南板约瀑布相连。大瀑布周边翠竹绕岸，农舍点缀，独木桥横，稻穗摇曳，农夫荷锄，牧童戏水，风光俊朗清逸，极富南国田园气息。

德天瀑布

家乡的变化一日千里

朱　宁
澳大利亚广西商会副会长

亲爱的家乡父老乡亲：

你们好！

我阔别家乡多年，一路关注家乡的发展。

家乡广西现代化的高科技建设、首府南宁城市的美貌、山清水秀的自然风光，广西人民的生活环境更美啦！家乡的变化一日千里。

作为海外华人一员的我，思乡心切啊！

近年来，对接共建"一带一路"，广西各级侨务工作效率提高了。我们经常被家乡侨务部门邀请回去，旧友新知，欢聚一堂。我们加强乡情联谊，我们交流信息经验，大家其乐融融。

今天，通过看网络直播，我亲眼看到自治区六十周年华诞盛典的壮观时刻，它带给我们每位桂籍海外华侨华人骄傲和自豪，非常有意义！

　　此时此刻，我要祝愿桂籍海外华侨华人与壮乡各族人民同心同德，群策群力，共建壮美广西，努力为家乡发展做贡献，为广西乡亲争光。

　　最后，祝福广西明天会更好！

2018 年 12 月 10 日

　　跑友们或戴着耳机，与城市的噪音隔离，或身着轻便的跑步装备，在宽敞平坦的南湖边与你擦肩而过……全长 8.17 公里的南宁南湖环湖路面全部采用透水沥青材料，平坦宽敞，分为红色区的跑步健身道和黑色区的漫步游园路。在 2017 年百度与综合型运动平台 keep 联合发布的全国首个十大热门跑步公园榜单，南宁南湖公园成功入选排名第六。

南宁南湖步道

身在老挝 心系壮乡

谢射非
"老挝那些事儿"公众号创办人
老挝金水道贸易进出口公司总经理

家乡的父老乡亲：

大家好！

在八桂大地喜庆自治区六十周年华诞的节日里，我在老挝万象向广西的父老乡亲致以诚挚的问候！祝愿壮乡广西繁荣富强！

作为一个社会主义国家，老挝、中国两国两党友谊情深。中国是老挝的第一援助国和投资国及第二大贸易伙伴。

老挝虽然没有和广西接壤，但广西的壮族与老挝的佬族语言相通百分之五十以上。近十五年来，有许多广西人来到老挝生根发展。今年年底，在老挝的广西乡贤，也将聚在一起，共同讨论成立老挝广西商会的筹备事宜。

2007 年，身为南宁人的我在广西民族

云中谁寄锦书来

大学开始了老挝语的学习。2010年，我从事中老铁路项目的老挝语翻译工作。到后来，我在老挝陆续创立老挝金水道贸易进出口公司、"老挝那些事儿"公众号、老中旅游票务公司等多项业务。我一直坚守老挝并在这块土地上干事创业。此外，我还专注于红木家具进出口、中老文翻译、工商税务代理等业务。

从2013年开始，作为老挝贸易企业主，我每年都带领老挝金水道贸易进出口公司团队，带着老挝的红木工艺品到中国—东盟博览会参展，国内客商的热情采购和对家乡的思念之情是我们不断将老挝产品输送到家乡的内在动力。

近年来，我虽身在老挝，却情系故里，心系壮乡。我时刻关注着中国尤其是家乡广西的大新闻及大发展。在这里，我要祝愿祖国万岁！祝愿壮乡广西一年更比一年好！

2018年12月10日

广西民族大学校门

　　在风景秀丽的相思湖畔，坐落着广西民族大学。这是一所民族特色鲜明、异域风情浓厚、人才精英辈出、极富诗情画意的大学。小语种是该校最具优势和最受欢迎的专业。穿过由郭沫若题词的校门，就可以走进这所学校了。

回馈家乡我欣慰

吕天保
马来西亚森美兰州芙蓉广西
会馆顾问

广西的父老乡亲：

你们好！

六十一甲子，云中寄锦书。

身为桂籍海外华人，值此广西壮族自治区迎来六十周年华诞之际，我谨奉上最为诚挚的祝福——祝福广西壮族自治区生日快乐！

我的祖父在二战之前从岑溪的水汶出走，来到马来西亚，从种植园工作做起，在异乡驻扎生根，养育了一家老小。我本人与广西老家的情缘始于二十世纪九十年代。近三十年来，我无数次地往返于马来西亚与中国广西的山水之间，深切地感受到家乡的飞速发展与变化。家乡变美了，家乡变富裕了，家乡人民精神面貌更好了，祖籍国到处都是欣欣向荣的。我心欣慰！

这些年来，得益于广西各级侨务部门的信任与委托，我和马来西亚的广西乡亲们一起为家乡广西做了一些小小的贡献。我们一起筹集了岑溪水汶华侨学校的部分建校资金，为容县侨联捐赠了一部风行汽车，为容县中学的马新爱心侨胞艺术楼筹措一百多万元人民币爱心捐款。我个人也在玉林市侨联的牵线搭桥之下，捐款资助玉林高中的优秀学子。我做这些都是微不足道的，只是出于对家乡的热爱及回馈之心。

我也曾作为东道主在吉隆坡多次接待来自家乡广西的访问团体。我欣慰地发现，家乡的政府官员为了家乡的发展也在积极地奔走。最近两年，因为个人身体的原因，我回广西的次数少了，但我对家乡的怀念与关注却与日俱增。

可以说，我虽身在海外，却一直心系故乡。衷心祝愿家乡广西繁荣昌盛，明天更美好！

2018 年 12 月 10 日

岑溪水汶侨中

　　松山坡上，黄华江畔，已有近六十年办
学历史的岑溪市水汶华侨中学，是 1949 年初
经广西人民政府批准设办在区内的两所华侨
中学之一。春华秋实，这所学校为广西培养
了一批又一批人才。

南宁的未来不是梦

马　海
加拿大广西总商会会长

马海.

家乡的父老乡亲：

你们好！

金秋送爽，五谷丰登。这是壮乡广西一年之中最美的季节，现在我们即将迎来广西壮族自治区六十周年华诞的喜庆日子，今年又恰逢伟大的祖国改革开放第四十个年头，真的是双喜临门啊！

斗转星移，沧桑巨变。祖国悄然发生翻天覆地的变化，大国风范举世瞩目，而我的家乡广西也在日新月异地发展，祈愿家乡人民幸福安康。

"悠悠天宇旷，切切故乡情。"看到家乡的巨变，怎不让我们这些心系故土的海外游子骄傲和自豪呢？

我是一个土生土长的南宁人。从牙牙学

语时窗外的邕江水，到蹒跚学步的解放路骑楼底；从嬉戏打闹的五象塔下，到求学苦读的南宁二中，以及那贯穿南宁的一条条铺满凤凰花瓣的街道……三十年了，她和我一起成长，那里的每一寸土地，都停驻着时间之河刻下的印记：淳朴的民风、亲切的乡音、至亲的父母、挚爱的乡友，都留在我记忆深处的每一个角落。

二十一世纪初，我移民加拿大。年轻气盛之时，总以为外面的世界很精彩，可如今回到故乡南宁，我才发现自己成了一位地地道道的"乡巴佬"——如今的南宁市，拓宽的街道车水马龙，高楼鳞次栉比，地铁四通八达，城里四季繁花。尤其互联网支付更是远超西方发达国家，连阿公阿婆都会微信扫码，一碗米粉一把菜，支付起来方便快捷……我知道，在党中央的亲切关怀下，我们壮乡乘着改革开放的巨浪飞速发展，经济社会发展蒸蒸日上，北部湾经济区已经成长为祖国西部重要的产业基地和中国对外开放的窗口，广西更是承担着"一带一路"有机衔接重要门户的新使命。而生我养我的南宁，这座风景秀丽的古城，先后获得了联合国人居奖和国家园林城市等荣誉称号，还成为中国—东盟博览会的永久举办地，南宁的未来不是梦！

近十多年来，我目睹了广西在各行各业的快速发展，它正是我们祖国欣欣向荣的一个缩影。比起所谓的西方发达国家，为何中国能用四十年的改革开放走完西方国家一百多年才走完的路？这充分说明了中国社会制度的优越性。家乡的变化，证明了中国特色社会主义制度的优越性，也成就了我们中国人今天的自信与自豪啊！

走得再远，到底根在广西。移民十多年，我用切实的行动来诠释这份思乡之情和家国之情。由此，我创办了加拿大广西总商会，为中加经贸文化搭建了一座交流的桥梁。这十多年里，我们不但接待了广西各级政府及商业代表团，同时作为中国—东盟博览会的合作单位，我们商会负责其在加拿大的招商招展工作，并连续十年组团回国参展参会，与广西国际博览事务局成功举办了两届"加拿大矿业论坛"。这些年来商会会员也在广西各地各行业共投资超过了一百多亿元人民币。

"故乡今夜思千里，霜鬓明朝又一年。"春华冉冉，我愿在自己的有生之年里，为我亲爱的祖国和故乡广西贡献绵薄之力。

让我们共同祝愿壮乡广西六六大顺，年年好景！祝愿伟大的祖国繁荣富强，明天更美好！

2018 年 10 月 22 日

扫码支付买菜

　　打车扫码、吃饭扫码，甚至到菜市买菜也能扫码，二维码支付已经成为人们生活中司空见惯的消费方式。"扫一扫"无处不在，"扫一扫"已经成为一种风尚。

"我是广西壮族人"

林茂强
泰国广西总会副主席
泰中侨商联合会副会长

家乡的父老乡亲：

大家好！

今天，欣闻广西壮族自治区在南宁举行庆祝自治区成立六十周年大典，很高兴也很激动。此刻，远在泰国曼谷，我双手合十，遥祝壮乡广西，民族团结，繁荣昌盛！

我是一个土生土长的广西壮族人。2003年，一个偶然的机会，我来到泰国曼谷教中文，从此开始了我在泰国闯荡创业的经历。原本我是学民族学和人类学的，所以，我对中国乃至世界各国的民族民俗文化及语言等颇感兴趣。当然，泰国的民族文化及语言也不例外。而广西的壮语与泰国的泰语在名词方面发音有百分之六七十相似。因此，我来泰不到三个月时间，就学会了泰语的语音基础；仅八个月时间，我就学完了泰语全日制小学三年级的课程，基本上听说读写不成问题。因此，作为一个广西壮族人，我感到无比的骄傲和自豪，这给我后期的创业奠定了坚实的语言基础。

华人在泰国共有九个会馆，"领头羊"是潮汕籍华人。华侨华人要想在这里创业立足，光靠胆大敢闯还远远不够，华侨华人需要抱团发展。因此，我加入了泰国广西总会，通过总会这个大平台，我进入了泰国的传统侨社，拓宽了人脉，尤其是得到广西总会永远名誉主席封祖超、永远名誉主席饶培中、主席李铭如等前辈的大力支持和帮助，也有幸参与并协助了广西国际博览事务局、广西商务厅、广西文化厅等单位在曼谷举办的中国—东盟博览会泰国展、《刘三姐》走出国门第一站等活动。

当然，经常参与接待广西乃至其他省份的代表团来访泰国广西总会，我了解到很多有用的信息。通过参与这些活动，让我更多地了解到家乡广西正在构建面向东盟的国际大通道，打造西南中南地区开放发展新的战略支点，形成21世纪海上丝绸之路和丝绸之路经济带有机衔接的重要门户。

我认为，中泰要继续相约中国—东盟博览会，进一步释放"海"的潜力，共同打造向海经济，在共建"一带一路"框架下，共同推动双方的开放开发再上新台阶。

2018年12月10日

古代海上丝绸之路

2000多年前，广西合浦就已经是走向东南亚、南亚的"古代海上丝绸之路"的重要始发港。"古代海上丝绸之路"从我国东南沿海，经过中南半岛和南海诸国，穿过印度洋，进入红海，抵达东非和欧洲，成为中国与外国贸易往来和文化交流的海上大通道，并推动了沿线各国的共同发展。

用爱心去温暖壮乡

戴 军
匈牙利广西总商会会长

八桂大地的父老乡亲:

你们好!

时值广西壮族自治区迎来六十周年华诞之际,作为生在南宁、长在民主路、学在南宁三中、干在广西艺术学院的"南宁仔",此刻,我要衷心祝福壮乡广西繁荣昌盛!千言万语一句话——"思念家乡的老友粉!"

中国最南端有片山水宝地,历史上生活着英勇善战、善良勤劳的一群人,这就是我的故乡广西。

回顾过去,二十世纪八十年代我到北京上学工作,九十年代出国求学创业。一路走来,辛苦和艰难就不必说了,成功与失败只讲故事……然而,不管到哪儿,做自我介绍时,我就说:我是广西人,"南宁仔"！游遍世界各地，走到天涯海角，只要一听到"南普""桂柳话""壮音""客家话"……有乡音见证不用解释，身在异国有困难一定帮！原因你懂的！

家乡广西这地方可不得了：天时，风调雨顺，四季如画，天空总是那么蓝；地利，祖国大西南，沿海沿边，"一带一路"新的始发港；人和，自古广西犹如一艘航母，各民族融合一起，团结和谐，歌海如潮，他们用勤劳双手建设美丽壮乡。

广西要发展，人才是关键。胆子要大，步子要宽，脑子要活，干劲要足。建设"一带一路"，广西是重要门户，中央给广西那么好的政策，要用足，补人文短板，励精图治。我们每位桂籍华侨华人，应积极为壮乡广西发展出一份力，引资引智，借东风把广西搞上去。

当前，广西扶贫工作困难大。如大石山区百姓饮水用水都非常困难，所以，我们海外赤子应响应号召，动员起来，用实际行动为壮乡广西办实事、做好事。如同"爱心水柜"项目，用一份实际行动、一份爱心去温暖壮乡！

最后，祝愿壮乡广西明天更美好！

2018 年 12 月 6 日

家乡的老友粉

　　老友来了就请吃一碗老友粉！老友粉是南宁最著名的特色小吃，拥有百年的历史。传说有一老翁每天都光顾周记茶馆，有一天因为感冒没有去，周记老板便以精制面条，佐以爆香的蒜末、豆豉、辣椒、酸笋、牛肉末、胡椒粉等，煮成一碗热面条，送给这位老友吃。老翁吃后出了一身汗，病状减轻，"老友面"因此得名。爱吃粉的南宁人又把面换成了粉……

最美丽的"中国回忆"

韦芝百
泰国马哈沙拉坎大学前汉语教师

亲爱的家乡广西：

　　您好！

　　八年前，我来到泰国当一名汉语教师。在泰国东北部平原一个查不到中文名字的省份，每日骑着自行车在青草繁花的大学里穿行，在无边无际的田野上看着朝阳东升，夕阳西沉，听着泰国学生们夜色下的鼓点和歌声，我仿佛觉得自己生活在泰国的世外桃源……

　　虽然很浪漫，很惬意，但我却时常想起自己的家乡广西柳州市——那座城市拥有广西城镇所应该具备的美丽：马鞍山、笔架山、鱼峰山，还有火车站旁的鹅山，将一座日益繁荣的城市，点缀得美丽无比。街巷之间遍布着美食的踪迹。火车的汽笛响彻半个城市，像整点的闹钟一样为这座城市的世界画出一个又一个逗号。

我思念家乡，想念广西，也为广西而感到自豪。广西的快速发展，让泰国乡村的学生，都梦想着能到广西去留学。广西多所高校为泰国学生提供的奖学金和生活补助，让泰国学生纷至沓来。如今在泰国当汉语老师的，多半是广西人；而到广西留学的泰国学子，也一日日地多了起来。

在未来，广西一定会更加美好！随着她的万千儿女走向四方，她也一定会成为中国对外连接的重要窗口之一，成为东盟留学生最美丽的"中国回忆"，甚至成为他们魂牵梦萦的第二故乡。

广西，必将成为中国与东盟国家学子们共同的回忆与乡愁。

2018 年 12 月 9 日

柳州鱼峰山

传说柳州鱼峰山就是歌仙刘三姐生活劳动和传歌升仙的地方。位于柳州市中心的这座山峰，从山脚沿盘山小径登三百九十二级石阶，便可到达山顶。从山顶往北眺望，江水碧绿，六桥飞架，大厦林立，车水马龙。

游子心 故乡情

陈 健
美国广西总商会常务副会长

家乡的父老乡亲：

你们好！

这样称呼你们的时候，我似乎觉得有点儿见外，因为我好像一直就没有离开过广西。

我出生在平南，四五岁时随父母搬到容县。我能回忆起的儿时至成年的片段都是在容县度过的。常常有人问我是哪里的人，我总是回答：我爷爷来自广东番禺，而我是在广西容县长大的。甚至在某些地方遇上人们谈论柚子时，我都会自豪地插上一句："那是我们广西容县的特产！"

家乡有很多美好的回忆。忘不了小学时偷溜去杨湾河游泳被罚；忘不了绣江河的惊险横渡、真武阁经略台上的京剧样板戏亮相拍照、容县中学操场百米冲刺线旁的加油声；忘不了第一次到首府南宁吃西瓜过多得了肠胃炎，结果用了"罗通定"一片止疼；忘不了中学时积极报名参加体育班，就是为了吃上球队提供的夜宵肉粥；更忘不了第一份职业当上车工后，偷偷为好朋友加工新婚大床的小圆柱，以及街灯下与初恋情人的第一吻……

美好的回忆太多太多了，像幻灯片一幕幕让我没办法忘记家乡广西。很感谢壮乡的山水养育了我！

我很感激，家乡的父老乡亲与我共度我最初人生的三十年，而后三十年的海外生活，让我的思乡之情逐年滋长。

我很赞同朋友的一句话：出国越久的人会越爱中国！虽然因儿女居住地、入籍国的退休计划等原因，许多外籍华人不再选择"落叶归根"——请理解他们！但这些都无法阻隔他们深厚的"父老乡情"。

过去我在读书工作时常利用节假日回家，到海外生活后，回国探访停留最久的地方也是家乡广西。特别是区、市、县各级侨联就像海外华人的"娘家"，让我感觉好像从来没有离开过广西！

为了常回家看看我年近九十岁的母亲，为了分享我多年在地质资源环保专业的经验，我常回中国，也常回广西，希望能为家乡的绿水青山贡献微薄之力。我目前是几个海外桂籍社团和商会的成员，我积极为家乡牵线搭桥，引资引智，以促进壮乡广西的发展。

希望广西的老乡把我当朋友，欢迎你们来美国旅行时联系我！

在自治区迎来六十周年华诞之际，让我们共祝壮乡广西繁荣昌盛！兴旺发达！

2018 年 12 月 5 日

容县经略台真武阁上的样板戏

经略台真武阁建在容县城东绣江北岸的一个石台上，登阁北望，东南山岭巍然矗立，气势雄壮。经略台始建于759年，明朝初年在经略台上建真武庙，就是现在的真武阁。真武阁被誉为"我国古代建筑史上的一颗明珠"。在经略台真武阁上演的样板戏，成为岁月的一部分回忆。

岁月日增　思乡愈浓

李梦玲
中国—捷克文化艺术交流促
进会会长

亲爱的故乡广西：

　　您好！

　　今日，我魂牵梦萦的故乡——广西壮族自治区迎来了六十周年华诞，身处异国他乡的壮家女儿在此遥祝您生日快乐！

　　一个甲子风风雨雨走过来，身为土生土长的壮家妹子，同时也是广西艺术学院五八级首届舞蹈班的毕业生，我亲眼见证了曾经贫穷落后的壮乡如今已蜕变为"大美广西"！——我为壮美家乡感到无比的自豪！

　　我已离乡多年，然而随着年岁日增，思乡愈浓。近些年来，终于有机会常返故里了。中国—捷克文化艺术交流促进会由我牵头成立以来，我们已经多次成功地组织两国人民相互往来交流。2015 年，广西河池艺术团到访捷克民俗艺术节，引起很大反响，当地媒体称赞："刘三姐的歌声响彻波西米亚！"

特别值得一提的是，广西河池艺术团的到来，将中国五星红旗第一次在捷克共和国的艺术节上高高挂起，迎风飘扬！如今，每当回想起当年捷克民众竖起大拇指欢呼"中国！中国！"的场景时，都令我激动不已。我深感增进中外人民之间的相互了解和友谊，意义重大。

为此，我下定决心，要在有生之年为我的祖国、为壮乡广西尽一份微薄之力！祝愿壮乡广西更加繁荣昌盛！祝愿广西的父老乡亲幸福安康！

壮乡——我爱您！

2018 年 12 月 11 日

云中谁寄锦书来

广西艺术学院舞蹈教室

　　广西艺术学院始建于1938年，前身是
广西省会国民基础学校艺术师资训练班，
由著名音乐家满谦子和现代杰出画家、美
术教育家徐悲鸿以及著名作曲家、音乐教
育家吴伯超在桂林倡议建立。对于每个习
舞的同学来说，舞蹈教室承载的就是他们
最美的芳华。

君从广西来　应知壮乡事

陈　晨
广西外国语学院泰国校友会
创会会长
张庆华
"10+1"会展联盟联合创
始人

亲爱的家乡广西：

　　您好！

　　我来自广西合浦，那里有西汉海上丝绸之路的始发港；我的先生来自广西南宁，那里是中国—东盟博览会永久举办地。我们先后以留学生的身份来到泰国，十几年来，在异国他乡求学、工作和生活，让我们更加眷恋故乡，思念壮乡。故乡是我们永远的根！

　　"君从广西来，应知壮乡事。"

　　可爱的八桂大地今年迎来自治区六十周年华诞。虽然游子在外，但仍难掩激动之情。壮乡广西，这道色香味俱全的"上好佳肴"，无时无刻不诱惑着我们。如今的广西，放眼望去，地铁高铁高架接二连三，满城的楼盘、现代地标拔地而起，加上壮美的山河，淳朴率真的壮乡儿女，吸引着越来越多来自世界各地、各种肤色和种族的外国友人来侨居，他们实实在在地感受到壮乡广西的进步、发展和变化。

乘着广西与东盟国家合作交流日益密切的东风，成千上万的广西儿女，拜别父母，落地泰国。如今的泰国华人圈中，各行各业，都会看到壮乡儿女的身影，他们的后代或将在这里出生、成长，壮乡文化、八桂之音将在这里血脉相连代代相传。

"乌鸦反哺，羊羔跪乳。"

秉承母校"留住中国魂，做好国际人"的校训，我和在泰校友成立了"广西外国语学院泰国校友会"；我的先生也紧跟祖国的脚步，借助"10+1会展联盟协会"之力，一心为故乡广西牵线搭桥，"请进来，走出去"，把"建设'一带一路'，广西是重要门户"这张名片给力传递。紧跟祖国的脚步，我们都希望以点带面，共同为建设祖国和壮乡广西尽绵薄之力。

最后，遥祝壮乡广西繁荣昌盛！祝福家乡父老乡亲生活富庶！

2018年12月8日

南宁石门森林公园樱花

　　每年春天，在石门森林公园的小山坡上，一朵朵山樱花依次盛开，在春日的阳光下显得绚烂夺目，红的像火、粉的像霞。1997年，石门森林公园开始从宝岛台湾引进早樱类品种——山樱花。目前石门森林公园的樱花树已经达到两千多棵，并且越开越旺盛。

"您时刻都在我的心里"

陆建梅
澳大利亚广西总商会副会长

亲爱的家乡广西：

您好！

我第一次回广西时，尚在襁褓之中。之后，跟随着父辈辗转南北。中学毕业后，第二次又回到广西，那时，对于广西、对于家乡才有了一些基本的认识。之后，随着工作生活和事业发展到了南宁，广西人的标签在我身上就更加显著了！

印象之中，家乡广西，是甜甜的圆圆的桂圆，是软软的糯糯的大粽子，是清脆爽口的开胃木瓜丁，是酸酸辣辣的老友粉，是音韵美妙风味独特的各族山歌，是美丽的壮族姑娘抛出来的精美绣球，是甲天下的桂林山水，是闻名遐迩的《印象·刘三姐》，是巍峨绵延的十万大山，是神奇壮丽的金秀圣堂山，是高耸挺拔的猫儿山……这一切，都时常让我魂牵梦萦。

此外，南宁、柳州、桂林、梧州、北海等城市，有许多令人流连忘返的景区景点，还有许多的亲朋好友，以及数不胜数的地方特产……我在澳大利亚经常想念！

六十年一甲子，今日的广西生机勃勃、欣欣向荣，壮乡在政治、经济、文化、生态环保等领域都有了长足的进步和发展。广西，我的故乡，我深深地思念着您！您时刻都在我的心里！我们将永远携带着您的印记，为您感到骄傲，为您感到自豪！

在壮乡各族人民共庆自治区六十周年华诞之际，您的海外女儿衷心地祝愿您风调雨顺、兴旺发达！祝福壮乡人民幸福安康，年年好景！

2018 年 12 月 11 日

绣球

绣球是壮族人民爱情的信物。壮族姑娘用花布精心制作了绣球，要送给心上人。在歌圩节那天，壮族青年聚集在广场，若小伙子中意姑娘，便会抢过姑娘手里的绣球，系上礼品再还回去。若姑娘看上了小伙子，会将绣球抛给他。

"乡愁涌动，总是挥之不去"

刘　佳
美国广西总商会副会长兼常
务秘书长

亲爱的家乡广西：

您好！

今天，12月11日，是广西壮族自治区成立六十周年纪念日。在这个特别的日子里，我献上一封特别的家书，来祝贺您的大喜日子！而且12月11日这个特别的日子，也象征着广西十二个世居民族一心一意团结在一起！

乡愁涌动，总是挥之不去！我出生在柳州，十六年前移民到美国纽约定居。在海外漂泊的日子里，我时时留恋美丽的家乡。我留恋南宁国际民歌艺术节的《大地飞歌》，以及舞台上那原生态的黑衣壮表演，还有柳州鱼峰山上刘三姐的雕塑，小龙潭下对山歌的姑娘，铜鼓岭中唱壮歌的

　　　　　　　　　　　　云中谁寄锦书来

放牛郎，九曲河畔的稻花香……这一切的一切让我时时不能忘怀！

此刻，我才真正体会到，出国定居的人，会更加爱国、爱乡、爱亲人！定居于纽约之后，我先后服务于四个社团。为宣传家乡，为广西的招商引资、中美经贸往来、文化交流等方面做了一定的努力。多年来，我积极参与侨界的社会活动。参加过欢迎中国国家领导人的活动，筹备接待过广西各级领导。无论何时何地，我都心系故乡，不遗余力地宣传广西。

多年前，我参加了美国前总统克林顿、美国前国务卿希拉里的两次会面交谈。克林顿当着许多媒体记者的面伸出拇指说："广西是一个好地方，桂林城市很漂亮，我喜欢！我太太也喜欢！"正如美国桂籍著名画家周氏兄弟说的："我们无论走多久，行多远，在世界这个大舞台上，中国五千年的文明历史和广西花山的远古文化，始终给予了我们无穷的底气与自信。因为我们来自广西这片神奇的土地！"

东风一夜吹乡梦，特别家书到邕城。无论天涯海角，哪怕地老天荒！我都永远不会忘记壮美广西的那一片土地，是我热爱的故乡！

最后，衷心祝福家乡更美好！壮乡更美丽！祖国更强大！

2018 年 12 月 11 日

"柳州有个鱼峰山，山下有个小龙潭，终年四季歌不断，都是三姐亲口传。"这一首流传在柳州的民间歌谣，是壮族歌仙刘三姐与柳州鱼峰山历史渊源的写照。鱼峰山和小龙潭，相传是刘三姐传歌和成仙的地方，在鱼峰山下矗立着刘三姐的雕像。据说刘三姐就是在这里骑着鱼上天，到天宫成了歌仙，而她的山歌，人们仍世代传唱着。

刘三姐雕塑

　　　　　　　　　　　　　云中谁寄锦书来

"爷爷的中国情结棒棒哒！"

饶美临
泰国广西总会副主席

饶美臨

广西的父老乡亲：

你们好！

我是一个在泰国土生土长的第三代侨胞。我时常想念我的爷爷、泰国勿洞八桂堂创办人兼时任理事长饶恒模。小时候，我经常看到他快乐地为勿洞八桂堂、为勿洞广西乡亲而辛勤付出。

爷爷的中国情结让我难以忘怀。爷爷生前常对我们说："我们是中国人，家乡在广西容县，你们要永远牢记心中！"

我渐渐长大之后，又看到父母共同为泰国九属会馆、为泰国广西总会等的会务全心投入、呕心沥血。每当有重大庆典，父母总是要求我们尽量参加。父母总是不断地提醒我们：要不忘初心，不忘故乡，不忘中国情怀。

记得 2017 年，广西妇联在钦州举办中国—东盟女企业家创业创新论坛，我承蒙邀请，到大会上作演讲。当主办单位工作人员知道我只读过一年中文时，特地告诉我，如果担心中文表达不便，也可以说英语或泰语，他们再作翻译，但是我还是决定用中文演讲。当天在论坛上，我很自信地告诉大家，无论我说得好不好，我一定要说普通话，因为我是华人，我的故乡在美丽的侨乡广西容县，当我说完这句话时，现场掌声雷动。

今年，广西妇联在柳州举办民族服饰文化会演活动，我和妈妈应邀代表泰国参加。有朋友建议我穿泰国服装，但我还是选择穿了一件中国传统的绣花旗袍，和妈妈一起上台走秀。在台上，我更感到中国服饰的独特魅力。中国旗袍不仅代表一种民族服饰的美，更能彰显出中国女性的柔美、高贵和大方。

这些年来，我多次回到故乡容县去祭祖，也经常到南宁、柳州、钦州、桂林等地去参加会议和旅行。我惊喜地看到广西的快速发展，繁荣进步，真可谓是与时俱进！虽然我常居海外，但我心系祖国，热爱壮乡！

欣逢家乡迎来自治区六十周年华诞，我更加思念家乡，特此修家书一封，衷心祝愿八桂更壮美，未来更辉煌！

2018 年 12 月 8 日

这里有丰富多彩的地形地貌，这里有最炫的民族风，这里有独特的美食佳肴……壮乡风景醉游人，民族风情显魅力。

广西四通八达的交通路网

饮水思源念故乡

汤玉婵
广西壮族自治区第十届侨联
副主席
澳门广西玉林联谊会会长

家乡的父老乡亲：

你们好！

广西壮族自治区今年六十周岁了！感谢《广西日报》的热情邀请，身在澳门的我感到异常兴奋和骄傲，与家乡距离五个小时车程的我，除了默默地祝福壮乡好运，更希望在大庆期间，能有机会参与此盛会，亲身感受壮乡"母亲"六十周年华诞的盛景。

回想 2012 年，澳门广西玉林联谊会在自治区和玉林市家乡领导们的支持及帮助下成立了！这是一个爱祖国、爱壮乡、爱澳门的团体。一直以来，我们团结定居于澳门或在澳门工作、经商的广西玉林乡亲，每年的不同季节，或在澳门组织活动，或行走于澳门与家乡广西之间。我们坚持做公益活动，回报故里。

　　家乡玉林市无论是风景还是食物都令人念念不忘。每当中秋时节，是容县蜜柚上市的日子，霜降过后，更有果味飘香的沙田柚成熟，还有玉林牛巴及肥而不腻的陆川全猪宴等，数不胜数。一提起这些，我们就巴不得马上返回故乡品尝美食！想到购买药材，您必定要到有"中国三大中药材集散地之一"美称的玉林中药港，什么叫乐而忘返，什么叫满载而归，去了您就知晓！

　　故乡容县是广西最大的侨乡，容县真武阁与湖南岳阳楼、湖北黄鹤楼和江西滕王阁被誉为江南四大名楼。值得一提的是，容县都峤山玻璃吊桥目前是中国第二长玻璃吊桥，也是中国华南区跨度最大、高度最高的玻璃吊桥，欢迎大家前去挑战！

　　饮水必思源。故乡广西的山水全国闻名。广西大藤峡水利枢纽工程的建造，集防洪、航运、发电及水资源配置等多种功能于一身，还可长久解决咸潮对澳门的影响。该项目工程规模宏大，不少当地居民需要搬迁居所。我爱壮乡的伟大，更要对搬迁牺牲的乡亲表示感恩。需要异地搬迁的乡亲们，请接受我们澳门人民真诚一拜！

　　壮乡山清水秀，人杰地灵。一套《刘三姐》传统戏曲闻名世界，一首山歌好比春江水，唱出了美丽壮乡人民好客的情怀。特别是高铁将贯通全广西，相信未来的壮乡发展一定会越来越美好！

2018 年 12 月 2 日

中药

广西被誉为中国的"天然药库""生物资源基因库"和"中药材之乡"，地道药材自古就闻名遐迩，中草药物种居中国第二位。玉林是广西中药材主产区，是华南地区最早的中药材集散地之一，拥有中国第三大中药材专业市场。

我为八桂腾飞喝彩

卓义文
英国广西总商会副会长

亲爱的家乡广西：

您好！

我美丽的家乡，我魂牵梦萦的地方，如同母亲博大的胸怀抚育我长大。历经六十年的蜕变，千帆过尽，万象更新。值此壮乡广西迎来自治区六十周年华诞之际，我为八桂腾飞喝彩！

六六大顺向前迈，十全十美建功勋。六十年来，一代又一代壮乡儿女在党中央的正确领导和亲切关怀下，凝心聚力，砥砺前行，用智慧和汗水成就了祖国南疆翻天覆地的巨变。金山银山不如绿水青山，今日的壮乡，脱贫攻坚激战犹酣，山清水秀生态依然。做好广西的脱贫攻坚工作非常重要，而脱贫攻坚工作离不开农业的大力发展。我们英国广西总商会为了推动广西脱贫工作，为了支持广西农业发展，促进农业全面升级、农村全面进步、农民全面发展，成立了广西三香B2B农链平台。

我将继续以壮乡儿女的情怀，站在农业人的角度为国为民，推动中英之间的农业合作，带领三香B2B农链平台，以"大数据＋互联网"模式，助力广西三农产业商流、物流、信息流的无缝连接，为广西农业的稳步发展添砖加瓦，同时也为广西六堡茶迈向世界贡献力量！

甲子轮回，忆往昔峥嵘岁月同甘共苦奋发图强；六十华诞，看今朝日新月异百舸争流再创辉煌。广西，我爱您！祝愿壮乡的明天更加美好！

2018年12月11日

广西新农村建设

2013 年起，"美丽广西"乡村建设在八桂大地展开，清洁了家园、水源和田园，绿化了村屯，净化了饮水，硬化了道路。如今，徜徉在乡间小路，欣赏着如诗如画的乡村美景，千年的乡村迎来了巨变……

山清水秀生态美

梁昌庆
美国旧金山广西同乡联谊会
创会顾问

梁昌庆

亲爱的故乡广西：

您好！

风雨沧桑一甲子，春华秋实六十载。

今年，您迎来了六十周年华诞，此时此刻，千言万语也无法表达我的激动心情。我虽身居海外，却无时无刻不关注着故乡的变化、发展。

曾经的广西是封闭边陲，经济发展落后。是八桂大地一代又一代壮乡儿女用他们的智慧和汗水，奋力拼搏，才成就了今天广西翻天覆地的巨变，成就了今天的最美壮乡。

如今的广西，中国—东盟博览会永久落户首府南宁，一跃成为中国对东盟开放的最前沿。现在广西更肩负了新的使命——

云中谁寄锦书来

构建面向东盟的国际大通道，打造西南中南地区开放发展新的战略支点，形成 21 世纪海上丝绸之路和丝绸之路经济带有机衔接的重要门户。我为故乡的变化和成就感到无比的喜悦和自豪！

多年来，我与海外同乡携手合作，回到故乡投资创业。希望乘着故乡经济发展的东风，借着中国—东盟自贸区发展的优势，为故乡广西谱写最美壮乡画卷尽微薄之力。

最后，在自治区迎来六十周年华诞之际，我要祝愿我们的壮美广西山清水秀生态美，人民富足生活美满！

2018 年 12 月 12 日

中越边贸红火

早上八点通关时间，对面肩扛手提大包小包的越南边民一路飞奔，跨过大桥上的国界线，跑进东兴境内，其中有个人居然是光着脚一路小跑过来。这是中越两国边民争分夺秒做边境贸易的生动一幕。随着中国—东盟自由贸易区建设步伐的加快，中越边境贸易日趋红火。

梦里追寻故乡千百回

朱继青
美国美东青年学友会会长

广西的父老乡亲：

你们好！

我随父母移民到美国已经三十年了，故乡的山水长期以来只能在梦里追寻。对故乡美食的痴迷，对故乡新闻的关注，早已不能满足我对故土的眷恋。这种情怀和热爱已经升华到对家乡来人犹如亲人般的热情关怀。

踏上美国土地的老乡们，无论是创业的、留学的、探亲的、旅游的，无论认识与否，我都尽我所能欢迎和帮助他们。让分散在美国各地的广西老乡都拥有一个共同的"家"，这一直是我的愿望。

近年来，我已在美国近十个州把近千名广西乡亲组织起来，在各地分别举办了广西同乡联谊聚会，这样，乡亲们在异国他乡便有了自己的"家"，在那里，我们可以相互帮助，相互关爱。这是我能为家乡人做的一点点事，我因此而感到欣慰。

值此广西壮族自治区迎来六十周年华诞之际，作为一个海外游子，我要祝愿壮乡广西越来越美，乡亲们越来越幸福！

2018 年 12 月 12 日

南宁中山路

同成都锦里、北京簋街一样，南宁也有一条专门属于吃货的街道——中山路，对游人来说它是国内十大美食街之一，但对南宁人而言它是一条平时吃夜宵、撸串、闲逛的小街，是南宁生活的一部分。

祈愿壮乡继续壮美成长

梁忠翥
泰国广西总会副主席兼秘书长

家乡的父老乡亲：

你们好！

广西壮族自治区今年六十岁了，此刻，我内心振奋不已，也有颇多的感触。

近十年来，因工作需要，每年都会回到故乡广西三四次。每次看到的景象都不同，一年比一年蓬勃发展，跟三十年前初踏入壮乡时相比，真可谓有天壤之别，也让我深切地体会到家乡人民那股顽强拼搏的精神和冲劲。

进入广西农村，我们可以看到许许多多农民都住上了新楼房，家家户户买了机动车；在各个城市，到处是高楼大厦，车水马龙，一派繁荣景象。

趁此良辰吉日，衷心祝福壮乡广西继

云中谁寄锦书来

续壮美成长，更上一层楼！

2018 年 12 月 11 日

乡村经济现代化、乡村生活现代化、乡村社会治理现代化……真正让农业成为有奔头的产业，让农民成为令人羡慕的职业，让农村成为安居乐业的美丽家园。我国大力实施乡村振兴计划，如今的农村每天都有新变化，百姓心里美滋滋的，农民生活越来越好。日新月异的变化，让农民喜笑颜开。

农村新变化

我在泰国传播广西乡音

谢鋆

泰国曼谷大学传媒学博士

亲爱的家乡广西：

我日夜思念您！

12月11日是您的生日，这是壮乡人民大喜的日子。作为一名留学泰国的广西籍海外游子，我在暹罗异乡为您送上最诚挚的祝福：祝您生日快乐！

六十载广西沐风栉雨辉煌闪耀，大庆日壮乡繁荣美丽锦绣震撼。六十年，我们踏实坚定，回忆满满。亲爱的家乡广西，无论我身在何地，生我育我的八桂大地，永远是我无法割舍的根脉。

在泰国，每当我抬头望见明月，总会低头思念故乡。万水千山的远隔，只会让我对家乡广西爱得更为深沉。

五年前，我离开家乡广西，孤身抵达

泰国曼谷求学。随着时间的推移，我对"祖国"二字的体会更深了，对家乡广西的眷恋更浓了。为了能让家乡广西的乡音在暹罗传扬，我牵头举办了多次校园文化宣传会，同时在各类学术交流活动中讲好中国故事，传播广西乡音。

今天，我要祝愿壮乡广西更加繁荣昌盛，八桂大地各族人民幸福安康，越来越好！

2018 年 12 月 11 日

民族一家亲

你中有我，我中有你，手足相亲，守望相助。这是广西和谐民族关系生动、形象的表述，也是广西六十年来发展取得辉煌成就的根基所在。壮、汉、瑶、苗、侗等十二个世居民族和四十四个其他民族和睦相处，共同耕耘在八桂大地这片美丽神奇的土地上。

做服务中美交往的使者

龚　歆
美国美东青年学友会成员

家乡的父老乡亲：

　　大家好！

　　隆冬时节，八桂大地依然郁郁葱葱，一片春意盎然，我们也迎来了广西壮族自治区成立六十周年的大喜日子。

　　二十年前，自治区四十周年华诞之时，刚上初一的我，有幸成为一名大庆庆典晚会翻牌表演的小志愿者，当时的场景至今仍历历在目。

　　九年前，我背起行囊，远赴大洋彼岸的美国求学并工作。在美期间，我无时无刻不在思念我的家乡，想念我的出生地——驰名中外的国际旅游城市桂林以及闻名遐迩的桂林米粉，更怀念我生长、成长的绿城——南宁市以及那可口可亲的老友粉。

　　在美期间，我勤奋学习，掌握了相应

的技能并取得了相应的学位和专业资格，为报效祖国打好基础、寻找机会。我还积极参加美国广西同乡会的社团活动，努力为中美经济文化交流与合作做穿针引线的工作。

当得知广西投资集团将在钦州港筹备建设一座超大型的化工企业，合作方恰恰来自我曾经学习和工作的美国休斯敦之时，我毅然决然回到故乡广西，参与了该项目的筹建工作。

近半年来，我多次往返于中美之间，参与商务谈判和对接资源的工作。我为自己能为壮乡广西的经济建设做贡献而感到非常荣幸！我祝愿家乡广西更加繁荣昌盛！

2018 年 12 月 12 日

桂花树下粉飘香

每年秋天，桂林城会在突然的一夜间变成桂花味的，连说话谈吐之间，都带着温柔的桂花香气。桂花飘香的秋天，是桂林一年中最香、最美的季节。想象一下，在金秋时节，来到风景秀丽的漓江岸边，吹吹风、散散步，在桂香荡漾间吃个粉，怎一个惬意了得？

身在北欧　心系故里

何　儒

北欧时报社社长

家乡的父老乡亲：

你们好！

生活在北欧，奋斗在当代，我是远在北极圈的广西人。

当我听到家乡广西壮族自治区要迎来六十大寿了，心潮澎湃，格外激动，竟然不知所措地放下手中所有工作，默默地为家乡祈祷祝福！

此时此刻，"慈母手中线，游子身上衣"，千言万语也表达不了对家乡的思念和祝福。

时光飞逝，斗转星移。十年前，我从龙江河畔漂到邕州城，再从邕州游到北欧。出国前，我和老友总爱调侃：你不信邕州府会建地铁？你不信"悠悠江水"的邕江两岸、"峰回路转"的柳州，会绽放"美丽南方"和"天下奇石景观"？现在友仔每每见我回来，都佩服我的预言。他们只想把我按在青山绿水间，让我听山泉和夜莺歌唱，才解他们的"恨"！

三十年河东三十年河西，中国变化太大了！还是家乡好啊！壮乡广西处处迷人、动人，时常令我遐想联翩。这里风景秀丽，物华天宝，人情味浓。十年后的巨变，已经让我寻不到回家的路，连乡音都是五湖四海的。

六十一甲子，无数文人墨客游历广西，在秀水明山、海角天涯留下了美丽的诗篇。朋友圈常常爆屏南宁的蓝天白云以及吉祥云、火烧云，柳州的螺蛳粉、河池的歌会、桂林的山水、梧州的广府文化、三娘湾的海豚、右江的香芒……处处清新的空气、舒适的生活节奏、满城飘香的瓜果和绿地，这些在北欧少有的"奢侈品"全部在我的家乡呈现。前辈把一幕幕六十年的变化娓娓道来，这片包容万物的神奇土地，我在国外要为家乡喝彩！

来过广西的中外朋友常常惦念广西，去过苗寨的瑞典音乐家跟我说，中国广西那里竟然还有如此绝妙的爵士乐（他们把芦笙称为地球上绝迹的爵士乐）！还有热情豪放的阿哥阿妹，饮酒对歌，此生陶醉于此，享受文化繁荣，生活在广西的家乡人真是太有福了！

我在北欧祝福广西！祝福家乡！祝福家乡人民健康长寿！

2018 年 11 月 12 日

龙江

　　龙江也称龙江河，是珠江水系西江支流
柳江最大的支流。在河池龙江三峡景区内，
山峰兀立、绝壁斧削、钟乳倒悬、曲径通幽、
水天一色。

　　　　　　　　　　　　　　　　云中谁寄锦书来

美丽壮乡：让我轻声呼唤你

家乡的父老乡亲：

你们好！

"小的时候，乡愁是一枚小小的邮票，我在这头，母亲在那头……"

多年来，我保持着读诗的习惯，每每读到余光中的《乡愁》，我都会想起故乡，想起妈妈。我的家乡——壮乡广西，"壮乡"意为"壮族之故，壮人之乡"。时常记得孩提时代和童年小伙伴们在绿油油的梯田上奔跑，坐着小船在波光粼粼的湖面荡漾，春天听风，秋望金枫……

离别总是依依不舍。离开家乡三十载，壮乡却总是我梦中的背景。梦里淳朴的壮乡人民，至美的天然景观，它们都在提醒着我：不要忘记我们的根，遥远的东方有

黄仁国
德国广西商会会长

183

我时常牵挂的祖国母亲。海外的奔波是为了实现梦想，同时也是为了家乡，我时常不由自主地与外国友人提起我的家乡广西，诉说故乡的美，长叹时光匆匆。

回想当年，为响应国家政策号召，我义无反顾地投身于家乡的经济发展建设之中。我致力于为家乡的国际商务、文化交流、对外开放、招商引资和全面发展做出点滴贡献。

我始终认为，能为壮乡广西的建设出一份微薄之力是我的荣幸。我真心希望每一个壮乡贫困家庭都能够得到海外千千万万的桂籍侨胞给予精准帮助而过上脱贫致富奔小康的生活，这将使我感到万分欣慰。

壮乡的美呈现于外在，更表露于内里。对比其他城市，所不同之处恰恰是壮乡的清澈与内敛。"一方水土养一方人"，壮乡人民也多谦卑、和善、纯朴、包容，我真诚希望壮乡首府南宁永远保持这份有别于其他城市的纯净，因为这片土地是多少旅人思想的神圣净土，又是多少游子心灵的依靠。

壮乡广西的经济发展与文明进步时常让我牵挂，我将一如既往地为家乡的经济建设发展添砖加瓦。我衷心地祝愿壮乡的明天更加美好！

2018 年 9 月 9 日

龙脊梯田

似画非画，似景非景，当古朴的寨子与梯田融合在一起，四面群山环绕，像天与地之间一幅幅巨大的抽象画……龙脊梯田，距桂林市八十多公里，始建于元朝，完工于清初，距今已有六百五十多年历史，有"世界梯田之冠"的美称。

故乡是一坛陈年老酒

欧 奎
越南中国商会广西企业联合
会会长

家乡的父老乡亲：

你们好！

喜闻广西壮族自治区迎来六十周年华诞，内心甚是激动。一方面感叹岁月的蹉跎，另一方面也为家乡的日新月异而欢欣鼓舞！

作为一个土生土长的广西南宁人，1995年我大学毕业后，就离开了家乡，来到了越南创业。经过二十三年的打拼，如今也闯下了属于自己的事业天地，并当选为越南中国商会广西企业联合会首任会长。

能在异国他乡坚持下来，这其中离不开家乡父老的支持。家乡发展的一举一动，也牵挂着我这颗游子的心。内心深处对祖国、对家乡广西的思念，始终萦绕在心头。"举头望明月，低头思故乡"，故乡是游子用谷子酿出的陈年老酒，搁置年代越久，放置时间越长，酒的味道就越醇香！

南向北联，东融西合。近年来，广西深入贯彻落实中央赋予的构建面向东盟的国际大通道、打造西南中南地区开放发展新的战略支点、形成"一带一路"有机衔接的重要门户的"三大定位"新使命，经济社会发展取得突出成效。广西已经成为中国与东盟各国政治、经济、文化交往的桥梁，成为中国—东盟博览会的永久举办地，受到世人瞩目。

越南中国商会广西企业联合会作为一个在越南投资、经营、工作和生活的广西工商界人士互相交流学习、共享信息、团结互助的平台，将帮助广西企业在中越两国不断发展壮大，并帮助更多的广西企业走进越南、走进东盟。希望家乡广西的朋友们携起手来，为自身企业的发展壮大，为振兴桂商文化，弘扬桂商精神，重振桂商雄风而做出应有的贡献。

最后，祝福我们伟大的祖国繁荣富强！祝福我们美丽的广西更加富裕祥和！祝福亲爱的父老乡亲们日子过得越来越红火！

2018 年 11 月 8 日

南宁大桥

　　一座座桥梁犹如一道道彩虹，坐立在邕
江上，掀起了南宁建设的新高潮。南宁大桥
位于青秀山风景区的西侧，是世界首座大跨
径曲线梁非对称外倾拱桥，也是世界首座石
墨烯大桥。

故乡是一本书

赵云茜
第十九届世桂联候任主席
日本广西同乡会会长

赵云茜

家乡的父老乡亲：

你们好！

四十年前的此刻，正值我的故乡——广西壮族自治区成立二十周年大庆，小学四年级的我，被选为"小小刘三姐"之一，穿上刘三姐的服饰，在欢乐的游行队伍中载歌载舞……那个时候，第一次意识到，自己是一名壮乡的女儿。

1990年，我奔赴日本留学深造，每次自我介绍时都忘不了刻意告诉大家自己的壮乡儿女身份。

故乡是一本书，一本深沉厚重的书，往往我们读不懂，这本书却始终不离不弃，时时在枕边……当我感到无助和迷惘的时候，静静翻开这本书，它能让我的心找到停泊的地方。这就是我心灵的家啊！

日本人民极其仰慕我故乡的山水和人文，每每向日本友人介绍家乡的点点滴滴，道不尽浓浓的思乡情⋯⋯

转眼，回到家乡投资也已有二十一年。实话说，作为实体企业，从原材料到产业链到物流成本，家乡的配套曾经并不尽如人意。但是，我们坚守了！自己的家乡，如果我们都放弃了，谁来坚持呢？于是，我们锐意改革，我们积极进取，我们坚信企业一定会越做越好。对此，我们深信不疑！

谁家玉笛暗飞声，散入春风满桂城。此夜曲中闻折柳，何人不起故园情。

在故乡迎来六十周年华诞大庆之际，特送上来自日本广西同乡会的祝福——祝愿我们美丽的壮乡越来越美，人民幸福安康！祝愿新时代的广西在"南向、北联、东融、西合"的进程中风调雨顺！

2018 年 11 月 8 日

记忆中的广西壮族自治区成立二十周年庆典

　　1978 年 12 月 11 日，广西各族人民满怀胜利
的喜悦，迎来广西壮族自治区成立二十周年的喜庆
日子。首府南宁市举行隆重集会和游行，热烈庆祝
广西壮族自治区成立二十周年。

辉煌六十载　再谱新华章

韦　诚
第十八届世桂联主席
美国广西同乡会会长

家乡的父老乡亲：

你们好！

六十载筚路蓝缕，六十年春华秋实。值此广西壮族自治区成立六十周年之际，我谨代表世界广西同乡联谊会、美国广西同乡会向我们的家乡——广西壮乡，致以最热烈的祝贺！

一甲子栉风沐雨，几代壮乡人砥砺奋进。今天，我们拓展于祖国南疆的故土——广西壮乡，取得了改革开放和现代化建设的显著成就；随着广西经济总量突破二万亿元，富民兴桂事业谱写出了新时代广西发展的新篇章。这多么令人振奋和喜悦啊！在这样的时刻，作为深爱祖国和家乡的海外游子，我思绪万千，为家乡的

云中谁寄锦书来

成就感到无比的骄傲与自豪！更深知自己的事业和发展，与家乡的发展强大和培育支持密不可分。

我们深信家乡广西作为中国唯一与东盟陆海相连的省份，正充分发挥着沿海沿江沿边的独特区位优势，将会面向东盟、面向世界继续开放合作，在中国—东盟自贸区建设中发挥更大的作用，搭建好连接"一带一路"的大平台。

在这样优良的发展环境中，祈愿世界广西同乡联谊会全体乡贤有信心、有愿景、有担当，在国家和自治区的科学引领下，为家乡优化营商环境，实施新一轮"加工贸易倍增计划"，扎实推进跨境经济合作区建设，加强对外投资项目建设，深化与东盟国家产能合作以及广西的各项事业发展做出我们应有的贡献。

辉煌六十载，再谱新华章。让我们祝愿家乡六十周年华诞圆满成功，各项事业百尺竿头，更进一步！

2018 年 11 月 22 日

北部湾集装箱码头

    2007 年，广西北海、钦州、防城港"三港合一"，开了全国沿海港口跨行政区域整合的先河。经过十多年发展，广西北部湾港航线已实现东盟主要港口全覆盖，并与一百多个国家和地区的两百多个港口通航，构建起四通八达的海上交通网，形成了内陆腹地走向东南亚、印度洋、太平洋、地中海等地的海上大通道。

图书在版编目（CIP）数据

云中谁寄锦书来 / 广西日报社编 . — 南宁：广西人民出版社，
2020.4
ISBN 978 - 7 - 219 - 10935 - 9

Ⅰ . ①云… Ⅱ . ①广… Ⅲ . ①华侨—书信集 Ⅳ . ① D634.3

中国版本图书馆 CIP 数据核字（2019）第 274573 号

策　　划	韦鸿学	
责任编辑	彭青梅	
责任校对	周月华	
整体设计	牛广华　陈晓蕾　李彦媛	
插画绘制	马　真　童志芳　邓卫健　韦达兴　陶志冉	

出版发行　广西人民出版社
社　　址　广西南宁市桂春路 6 号
邮　　编　530021
印　　刷　广西新南国印刷有限责任公司
开　　本　787mm×1092mm　1/16
印　　张　13.5
字　　数　136 千字
版　　次　2020 年 4 月　第 1 版
印　　次　2020 年 4 月　第 1 次印刷
书　　号　ISBN 978-7-219-10935-9
定　　价　46.00 元